www.bbulmedia.com

패
왕
의

별

패
왕
의

별

1판 1쇄 찍음 2015년 12월 29일
1판 1쇄 펴냄 2016년  1월  4일

지은이 | 강호풍
펴낸이 | 정  필
펴낸곳 | 도서출판 **뿔미디어**

편집장 | 이재권
기획 · 편집 | 문정흠

출판등록 | 2002년 9월 11일 (제081-1-132호)
주소 | 경기도 부천시 원미구 소향로 17번길(두성프라자) 303호 (우) 14544
전화 | (032)651-6513 / 팩스 032)651-6094
E-mail | bbulmedia@hanmail.net
홈페이지 | http://bbulmedia.com

**값 8,000원**

ISBN 979-11-315-6944-3 04810
ISBN 979-11-315-2568-5 04810 (세트)

※파본은 구입하신 서점에서 교환하여 드립니다.

패
왕
의
별

2부

**15**

강
호
풍 신무협 장편 소설

뿔미디어

# 목차

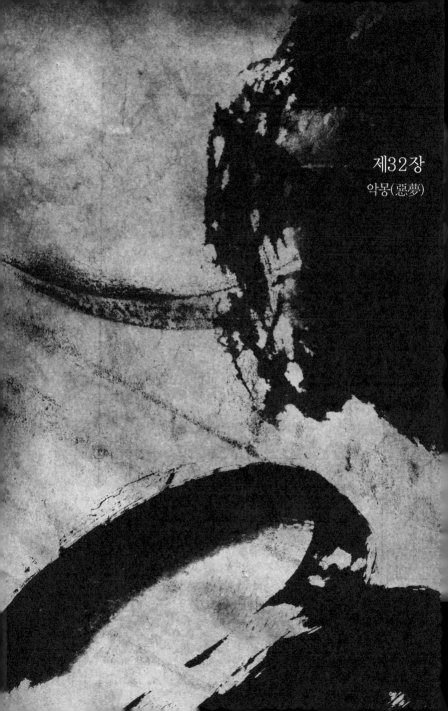

제32장
악몽(惡夢)

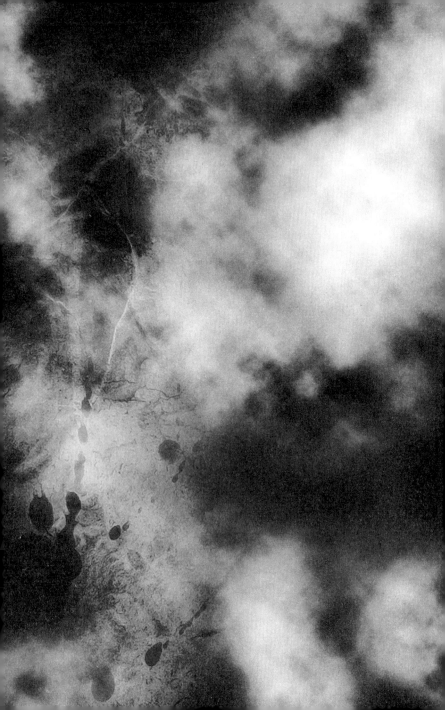

# 1

콰아아앙!

철강시의 주먹에 석탑이 폭음을 터트리며 박살 났다.

"으아아악!"

"세존이시여!"

안타까운 비명이, 그리고 고함이 사방에서 빗발쳤다.

"모두 쓸어버려라! 삼백 년이다! 그 세월의 한을 모두 쏟아내라!"

"공격하라!"

방우 소교주를 비롯한 배교도들이 철강시와 어울려 소림사를 짓밟고 있었다.

쩡쩡쩡!

소림의 칼이 철강시를 베려고 했지만, 그때마다 튕겨나왔다. 그리고 철강시의 주먹이 무승들의 몸을 갈기갈기 찢었다.

인세에 지옥이 도래했다.

사방이 시신으로 뒤덮였고, 벽과 돌바닥도 피로 물들었다.

쩡쩡! 슈가각! 퍼어엉! 펑펑펑!

칼 소리와 장력 소리가 허공을 뒤흔들었다.

개방과 무림맹의 지원군들도 철강시에 의해 속절없이 죽어 나갔다.

팽우종은 배교도의 목을 베고는 급히 고개를 돌렸다.

"빙봉! 위험……."

모용린이 발로 철강시를 밀어내고는 대꾸했다.

"저는 괜찮아요."

"빙봉, 틀렸소. 숫자가 너무 많아요. 그리고 우리가 예상하던 철강시가 아니오! 후퇴해야 한단 말이오!"

"나도 알아요. 하지만 나는 지휘권이 없어요."

밀려났던 철강시가 다시 모용린을 향해 달려들었다. 그녀는 땅을 차고 허공으로 떠올라 자신이 있던 자리를 지나가는 철강시의 뒤통수를 검으로 때렸다.

쩌엉!

철강시가 앞으로 고꾸라졌다. 그러나 다시 몸을 일으키는 모습에 모용린이 진저리를 쳤다.

그녀는 팽우종 옆으로 붙고는 말했다.

"약점을 찾아야 해요. 오늘 지더라도 약점만 찾으면 다음을 기약할 수 있어요."

철강시는 머리가 약점이었다. 머리를 부수거나 목을 베는 것이 좋았다. 하지만 배교도들도 그 점을 알기에 머리와 목을 단단하게 만들었다.

그래서 무림인들이 찾아낸 곳이 정수리인 천령혈(天靈穴)이다. 그곳은 공격하기 어렵지만, 살짝이라도 찌르는데 성공하면 머리에 머물던 백(魄)이 떠나며 동작을 멈춘다.

그런데…… 이곳에 등장한 철강시는 천령혈을 찔러도 아무 소용이 없었다.

천류영의 최악을 대비해야 한다는 예상.

그것이 현실이 되고 있었다.

삼백 년 만에 나타난 철강시는 훨씬 개량됐다.

약점도 사라졌고, 힘과 속도도 월등해졌다.

검기를 자유자재로 구사할 수 있는 절정고수들은 그 심후한 내공을 칼에 담아 철강시들을 처리해 나갔지만, 태반은 버티는 것이 고작이었다.

문제는 절정고수의 숫자가 거의 없다는 점이었다. 괜히

무사들의 궁극적 꿈이 절정이겠는가.

어쨌든 소림과 개방, 그리고 무림맹의 얼마 안 되는 절정고수들의 힘으로 버티는데, 갑자기 등장한 세 괴물에 의해 그것마저 무너져 갔다.

배교의 인물 중 하나가 이악, 삼악, 사악이라고 부르는 괴물.

사람 같기도 하고, 강시 같기도 한 그 존재는 절정고수들마저 몰아붙이다가 목숨을 취했다.

그렇게 세 괴물의 등장 이후로는 악몽이 되었다.

철강시의 약점을 찾으려 계속 칼을 휘두르던 사람들은 쓰러져 갔고, 특강시인 이악과 삼악, 사악은 소림사 내부를 종횡무진하며 부쉈다.

그때, 어디에선가 환호가 터졌다.

"와아아아! 방장께서 괴물을 잡으셨다!"

"우와아아! 힘을 내라! 우리는 소림이다!"

팽우종과 모용린은 서로를 보며 희망을 찾았다. 그러나 그 희망은 나타나기 무섭게 곧바로 사그라들었다.

지독한 사기(死氣)가 느껴지는 커다란 웃음소리.

"크하하하! 소림 방장의 목을 베었다! 여기 소림 장문인의 수급이 있다아아아!"

그 고함에 소림사 무승들의 눈이 뒤집혔다. 그들은 죽을 것을 알면서도 특강시와 철강시들에게 돌진했다.

그러나 역부족이었다.

마침내 개방주의 목소리가 허공을 울렸다.

"모두 피하시오! 후일을 기약해야 하오!"

그 소리를 기점으로 정파인들이 사방으로 흩어졌다.

팽우종은 모용린의 팔을 붙잡고 외치듯 말했다.

"빠져나가야 하오! 늦으면 그것도 어렵소!"

"하지만 약점이라도 찾아야 해요. 이렇게 무너지면 다음엔 어쩌라고요? 지금처럼 많은 사람들이 허무하게 죽게 될 거예요."

"죽는단 말이오!"

그의 외침에 모용린이 비장한 표정을 지었다.

"내가 죽더라도 약점을 찾을 수 있다면 상관없어요."

"……!"

팽우종의 눈동자가 흔들렸다.

변했다, 너무 많이.

그가 원하던 방향이지만, 하필 이런 때에…….

화르르르.

소림사의 수많은 전각들이 화마에 휩싸였다. 팽우종은 격한 숨을 뱉으며 말했다.

"빙봉! 살아야 다음을 기약할 수 있소! 그리고 누군가가 약점을 알아냈을지도 모르오."

그 두 사람을 향해 세 구의 철강시가 동시에 달려들었

다. 팽우종은 그것을 흘낏 보고 빙봉을 향해 고개를 흔들었다. 이놈들을 상대하다가는 탈출할 기회마저 놓칠 수 있었다.

"제발! 이제 가야 합니다. 더 이상은 안 돼요. 약점을 알아도 죽어버리면 무슨 소용이 있습니까?"

모용린은 입술을 깨물며 터져 나올 것 같은 한숨을 삼켰다. 그러고는 이내 고개를 끄덕였다.

둘은 바닥을 박차고 담벼락 기와를 향해 몸을 솟구쳤다. 그런 후, 남은 내공을 모조리 경공에 쏟아부으며 달렸다.

화르르르.

까만 허공을 삼키는 불길은 쉼 없이 타올랐다.

\*              \*              \*

끼이이이잉!

육중한 성문이 소음을 일으키며 서서히 열렸다. 그 열린 성문에서 위풍당당한 체격의 초로인이 거칠게 뛰어나왔고, 그 뒤를 따라 횃불을 든 무사들의 발걸음이 계속 이어졌다.

선두의 초로인인 북해빙궁주, 설강.

그는 무릎을 꿇고 있는 초지명 앞에 서서 눈을 부라

렸다.

"흑랑대주, 너 지금 나하고 장난하자는 거냐?"

초지명은 힘없이 웃으며 대꾸했다.

"진심이오."

"뭐, 이런 개 같은! 지금 네 모가지 따는 게 뭐가 어렵다고 조건을 걸어? 그냥 툭, 치면 곧바로 황천길 갈 놈의 목숨 값이 그렇게 비싸다고 생각하는 거냐? 우리가 토벌대에게 위험해지는 건 생각하지 않고……."

그는 목청껏 소리를 지르다가 말을 멈췄다.

사방의 횃불이 초지명의 모습을 비췄고, 지척에서 그를 본 설강은 입술을 깨물었다.

눈 하나를 잃었다는 건 이미 알고 있었다. 하지만 몰골이 이리 추레할 줄이야.

누더기보다도 못한 옷이었다. 칼에 찢어진 것으로 보이는 구멍만 수십여 개.

어느 누구보다 단단한 체구를 자랑하던 흑랑대주의 신형은 믿을 수 없을 정도로 앙상해져 있었다.

찢어진 옷 속으로 보이는 상처들.

옆구리와 허벅지에는 지금도 핏물이 배어 있었다.

지난 일 년간 신출귀몰하게 도망 다닌다는 얘기만 들었지, 이렇게까지 망가진 줄은 상상도 하지 못했다.

왜냐하면 이자는 흑랑대주니까.

북해빙궁의 무사들도 자신의 눈을 의심하며 초지명을 보았다.

이 사람이 정말 사 년 전, 그 무시무시했던 전장의 창이 맞는가. 사람이 이렇게 변할 수도 있다는 것이 믿기지 않을 정도였다.

초지명이 엷은 미소로 고개를 숙였다.

"부탁드리겠소, 빙궁주."

"……."

"내가 죽어 저승에 가면…… 나로 인해 죽었던 당신의 수하들을 위해 종이 되겠소. 그러니 며칠 동안만 저 뒤에 있는 이들을 도와주시오."

설강은 고개를 좌우로 연신 갸웃거리며 입을 살짝 벌렸다.

"아, 젠장. 뭔가 좀 기분이 그렇군."

"부탁이오."

"아! 쫌! 그 입 좀 다물어. 거, 끝까지 잘난 척하네. 사 년 전에도 그러더니."

"빙궁주……. 내 진짜 저승에 가면……."

설강이 큼지막한 손을 들어 한 대 후려갈기려는 자세를 취하며 외쳤다.

"조용히 좀 하라니까! 당당하게 싸우다가 죽은 북해의 용사들이야! 그런데 네가 무슨 저승에 가서 그들의 종이 된다고 지랄을 떨어! 우린 당당하게 죽는 것을 자랑으로 여기는 전사라고!"

"······."

"뭐, 때리려고 해도 바로 죽어버릴까 봐 치지도 못하겠네. 어떻게 사람이 이렇게까지 변해? 산송장이 따로 없군."

"······."

"애들 밥은 먹이고 싸우지, 이게 뭔······. 어이, 흑랑대주. 너 밥은 언제 먹었나?"

순간, 초지명은 자신도 모르게 눈가에 이슬이 핑 돌았다.

자신도 몰랐다.

단순한 '밥'이라는 말이 이렇게 가슴을 울컥하게 만들고 후벼 팔 줄은. 목숨을 버리러 왔는데 그깟 밥이라는 단어에 눈물이 나오다니.

그는 울지 않으려고 이를 악물었다. 그러나 기어코 그의 뺨을 타고 눈물이 흘렀다. 이를 악물고 참다 보니 흐느낌이 되어버렸다.

"흐으으윽."

죽어가던 수하들 중 소원이 따뜻한 밥 한 끼 먹어봤으면 좋겠다던 녀석들이 떠올랐다.

그깟 따뜻한 밥 한 번 먹어보고 싶다는 수하들의 소원

을 들어줄 수 없는 자신의 무기력함에 치를 떨고 홀로 눈물을 삼키던 순간이 뇌리를 스쳤다.

"흐으으으."

그가 소리 죽여 오열하는 모습에 농담 식으로 말을 던진 설강조차 말문을 잃었다.

전장의 창, 흑랑대주.

어떤 상황에서도 깨어지지 않을 것 같던 그의 눈물에 설강과 북해의 무사들은 차마 입을 열지 못했다.

초지명은 몸을 부르르 떨며 손을 들어 눈가를 훔쳤다. 그러고는 몇 차례 심호흡을 한 뒤에 말했다.

"그 밥을…… 따뜻한 밥을 저 뒤에 있는 녀석들에게 주면 안 되겠소? 내 목으로 모자라면 사지를 자르고……."

그는 말을 끝맺지 못했다, 설강의 뒤에서 한 인영이 나와 말을 끊었기 때문에.

"다 죽어가는 당신의 목은 필요 없어요."

젊은 여인의 음성.

두꺼운 가죽옷과 그에 딸린 모자를 깊숙이 뒤집어쓴 여인은 설강의 옆에서 말을 이었다.

"우리, 거래를 하죠. 당신과 저곳에 있는 당신 수하들에게 따뜻한 식사와 안락한 잠자리를 제공하죠. 부상자는 성심껏 치료해 드리겠어요."

초지명이 눈을 화등잔만 하게 뜨는데, 설강이 볼멘소리

로 말했다.

"상아야, 무슨 거래를 하려는 거냐?"

소수(素手) 설상아(雪霜牙).

설강의 외동딸.

머리가 좋고 무공도 뛰어난 고수라고 알려져 있다. 다만, 워낙 박색이라 사내들이 그녀의 얼굴만 보면 진저리를 치는 것으로 유명했다.

사 년 전, 천마검과 초지명이 이곳에 왔을 때는 중원을 유람하느라 자리를 비웠던 여인. 그녀가 사문의 비보를 전해 듣고 허겁지겁 돌아왔을 때는 모든 상황이 종료된 후였다.

그녀는 설강의 질문을 질문으로 받았다.

"저를 못 믿으세요?"

"……."

"못 믿으세요?"

딸 바보인 설강은 고개를 들어 먼 하늘을 바라보았다. 그러자 설상아가 초지명을 향해 다시 말했다.

"제가 말한 조건이 마음에 드나요?"

초지명은 어둠 속에 얼굴이 가려진 그녀를 뚫어지게 보며 말했다.

"정말 우리에게 그렇게 해주겠소?"

"난 농담을 좋아하지 않아요."

"그렇게 해주는 대가는?"

"당신과 당신 수하들이 우리를 위해 죽어주는 것."

초지명이 눈살을 찌푸렸다.

"그게 무슨 말이오?"

설상아는 어둠 저편에 있는 천랑대와 흑랑대를 보며 답했다.

"소문을 들었는지 모르겠지만, 우린 흑천련을 탈퇴했어요."

초지명은 고개를 끄덕였다.

"들었소. 우리가 북해빙궁을 목적지로 삼은 이유 중 하나요."

"좋아요, 얘기가 빠르겠군요. 우린 다시 마교의 그늘 아래로 들어갈 생각이 없어요. 북해의 용사들은 굴복하지 않아요."

설강이 끼어들었다.

"마교의 그늘은 아니다. 흑천련이지. 새외 세력끼리 동등한 조직인 거야."

설상아가 부친을 보며 쏘아붙였다.

"말이 그렇지, 실상은 마교가 하라는 대로 따르는 거잖아요."

설강이 팔짝 뛰었다.

"아니라니까. 내가 죽으면 죽었지, 남의 발밑에 있을

놈이냐?"

"그런데 그렇게 했잖아요."

설강이 답답하다는 표정으로 주먹으로 가슴을 쳤다.

"아니다! 나는 마교가 아니라 천마검과 약속했다. 우리는 복속 관계가 아니라 같은 꿈을 위해 나아가는, 대등한 관계를 유지하는 거라고! 그놈은 그걸 인정해 주었어. 그러지 않았더라면 나는 죽어도 흑천련에 들어가지 않았을 거야."

설상아는 검지로 제 귀를 후비며 성냈다.

"그 지긋지긋한 변명은 그만해요."

"변명이 아니라 사실이다. 네가 그동안 계속 탈퇴하고 요구해도 버틴 건 천마검 때문이야. 그 녀석이 꿈꾸는 세상이 나와 같았으니까. 그런데 이번에 내가 네 말을 들은 건…… 그 녀석이 죽었다니 더 이상 흑천련에 남아 있을 이유가 없던 거야."

"……"

"그럼 네 말대로 마교의 쫄따구나 다름없으니까."

그녀는 고개를 갸웃하며 의심 어린 눈초리로 물었다.

"지금 한 말, 진짜예요?"

"물론!"

"그럼 그동안 왜 그런 얘기를 안 했어요?"

설강이 어이없다는 기색으로 혀를 찼다.

"이 녀석아! 네가 흑천련 얘기만 나오면 눈에 쌍심지를 켜고 방방 뛰면서 욕을 해 댔잖아. 버르장머리 없는 놈, 천둥벌거숭이!"

"……."

이번엔 설상아가 고개를 돌려 먼 하늘을 보았다. 그 모습에 투덜거리던 설강은 초지명을 향해 물었다.

"기왕 말 나온 김에 묻자. 천마검, 진짜 죽었냐? 내가 진짜 그놈이 죽는 건 상상이 안 돼서 묻는 거야. 그놈은 정말 패왕의 별일지도 모른다는 생각이 들었던 유일한 놈이거든. 하루 밤을 지새우며 술을 마셨는데, 진짜 말이 잘 통하던 놈이었어. 그런 놈이 진짜 죽은 거냐?"

초지명은 쓴웃음을 깨물고 대꾸했다.

"서너 달 전까지는 살아 있을 거라 믿었는데…… 이제는 나도 모르겠소. 살아 있다면 좋겠는데…… 그가 살아 있다면 다시 시작할 수 있을 거라는 희망이 있었는데, 이제는 그것마저 희미하게 바래졌소."

설강은 턱수염을 만지작거리며 입맛을 다시다가 탄식했다.

"휴우우, 정말 죽었구나. 아까운 놈이 갔네. 이놈의 세상은 꼭 죽어야 할 놈은 오래 살고, 오래 살아야 할 녀석은 요절한단 말이지."

초지명은 부녀가 또 논쟁을 하기 전에 급히 말했다.

"낭자, 그러니까······."

설상아가 눈살을 찌푸리며 단번에 말을 끊었다.

"별호인 소수라 부르거나 직위인 소궁주라 부르세요."

"음, 소궁주. 당신 제안을 받겠소. 그러니까 우리는 당신들과 함께 이곳을 사수하겠소."

초지명은 더 이상 물러날 곳이 없었다. 그렇다면 조금이라도 몸 상태를 끌어 올려 원수와 한판 붙는 것이 낫다고 판단했다. 수하들을 죽인 놈들을 한 명이라도 더 데리고 저승길로 떠나는 것은 자신의 소망이기도 했다.

설상아가 어둠 속에서 미소를 지으며 말했다.

"현명한 판단이네요."

그러자 설강이 또 끼어들었다.

"처음에 흑랑대주를 봤을 때는 곧바로 죽이자고 뒤에서 부추기더니, 왜 마음이 변한 거냐?"

설상아는 어깨를 으쓱하고 답했다.

"이 사람이나 저기 있는 수하들이 다 비루해 보여서 전혀 도움이 되지 않을 것 같았잖아요."

"그런데 왜 변했냐니까?"

설상아가 눈을 흘겼다.

"아시잖아요. 장수의 모습이 이렇다면 그 수하들도 생각보다 전력에 도움이 될 거란 걸. 뭐, 예전 명성이 어디로 가겠어요?"

"하하하, 사실 나는 진즉 그럴 생각이었다. 흑랑대주, 이 친구 꽤 물건이야. 지금은 네 말마따나 비루해졌지만, 좀 먹이고 휴식을 취하면 밥값은 할 놈이지."

설상아는 초지명을 훑어보며 고개를 끄덕였다.

"그런 것 같아요. 사실…… 수하들 생각하는 마음에 조금 감동 받기도 했으니까."

설강은 미소를 머금고 초지명에게 말했다.

"네가 죽인 우리 수하들의 목숨은 이런 식으로 갚는 거다. 네놈이 힘을 내서 우리 수하들 목숨을 한 명이라도 더 지켜내는 방식으로. 이게 우리 북해빙궁 전사의 방식이다."

초지명이 고개를 끄덕이며 미소로 답했다.

"훌륭하오."

설강이 초지명 앞에 쭈그려 앉고는 갑자기 정색했다.

"흑랑대주."

"말하시오."

"네놈은 사백의 목숨 값을 해야 된다. 잊지 마라. 그 값을 못 치르면 네 모가지를 내가 딸 거야."

"명심하리다. 그리고…… 고맙소."

설강이 손사래를 치며 일어났다. 그러다 호탕하게 웃고는 수하들을 향해 외쳤다.

"자, 애들아! 단체 손님 받자꾸나!"

# 2

새벽이 지나고 동이 틀 무렵의 소림사.

배교 장로 신타귀의 얼굴은 딱딱하게 굳어 있었다.

대승을 확신했건만, 전투가 끝나고 보니 의외로 손해가 막심한 탓이었다.

칠백의 교도 중 일백이 넘는 사상자가 발생했고, 이천 오백의 철강시 중 삼백 구를 잃었다.

그에 비해 정파인들의 피해는 예상보다 적었다.

정확한 것은 더 파악해 봐야겠지만, 일천여 소림 땡중 중 고작 절반을 죽였다. 정파의 지원군은 합쳐도 일백 정도밖에 제거하지 못했다.

소문난 잔치에 먹을 것 없다는 말처럼, 일방적으로 몰아붙였던 것을 감안하면 맥 빠지는 전과였다.

신타귀는 혀를 차고 중얼거리듯이 말했다.

"쯧쯧, 괜히 정파의 전성기라 불리는 게 아니란 말인가."

그의 혼잣말을 들은 방우가 다가와 입을 열었다.

"단순히 정파의 전성기여서가 아니라 이곳이 소림이었기 때문이지요. 그리고 양보다 질을 생각해야 합니다. 장문인을 포함해 소림사가 자랑하는 팔대호원과 나한전의 고수들을 많이 없앴어요. 그들의 희생으로 많은 땡중들이 살아 도망친 것을 고려해야지요. 그러니 뭐, 이 정도면 괜찮은 결과입니다."

그의 여유로운 말에 신타귀 장로의 눈꼬리가 올라갔다.

"소교주가 봉화만 올리지 않았어도 우리는 더욱 큰 승리를 거두었을 것이네."

질책이었다.

방우가 특유의 무표정으로 신타귀 장로를 직시했다.

"장로님께서는 비밀 분타에서 폐관수련을 하시느라 본교 수뇌부 회의의 내용을 제대로 전달 받지 못하셨군요. 장로님, 아쉽긴 하지만 필요한 과정이었습니다."

"그 무슨 궤변인가? 자네의 그 오만하고 경솔한 짓이 본교의 계산된 행동이었단 말인가?"

신타귀는 말도 안 된다는 표정으로 역정을 냈다. 그러나 방우는 심드렁한 어조로 대꾸했다.

"사실 우리는 삼백 년 동안이나 제대로 된 전투를 하지 못했습니다. 그러니 삼백 년 만의, 그것도 소림을 상대로 한 싸움치고는 훌륭한 전과입니다."

"지금 나는 자네의 무모한 행동을 지적하고 있는 것이네."

방우가 고개를 저으며 혀를 찼다.

"쯧쯧, 장로님, 팔악과 구악을 데리고 왔다면 아마 그

두 구만으로도 이곳을 뭉개 버렸겠지요. 그런데 왜 교주님께서 그 두 구를 마지막까지 꽁꽁 숨겨두는 걸까요? 이곳의 철강시보다 더 우수한 일천 구의 철강시 역시 왜 숨겨뒀을까요?"

신타귀는 대거리를 못하고 입술을 꾹 깨물었다. 그러자 방우가 날카롭게 말했다.

"우리의 진정한 힘을 드러내면 마교주도 우릴 경계하게 됩니다."

"……!"

"장로님, 우리의 적은 정파뿐만이 아닙니다. 설마 마교주 뇌황을 믿는 겁니까? 그는 나중에 우리 등에 비수를 꽂을 인간입니다."

신타귀의 눈에 이채가 스쳤다.

"그럼 이곳의 강시들은…… 마교주의 눈을 속이기 위한 소모품이었단 말인가?"

방우가 소리 없이 웃고는 고개를 끄덕였다.

"그리고 정파의 이목도 속이는 게지요."

"……."

"장로님, 우리는 삼백 년 전 스스로의 힘에 도취돼 너무 무모했었습니다. 그 아픈 전철을 다시 밟을 수는 없지 않습니까? 이번에는 반드시 우리가 최후의 승자가 되어야 하지 않겠습니까?"

신타귀는 침을 꿀꺽 삼키고 고개를 끄덕였다.

"그런 깊은 심계가 있는 줄은 몰랐네."

머쓱해진 신타귀가 뒤로 물러나자 방우는 뒷짐을 지고 일출을 보았다. 그의 눈살이 절로 찌푸려졌다.

"역시 일출은 일몰보다 아름답지 못하단 말이지."

세상 사람들은 모른다.

어둠과 죽음이 지배하는 세상이야말로 인간에게 새로운 깨달음을 줄 수 있다는 것을.

작금의 세상을 보라.

밝음과 삶을 지향하는 이 세상은 오히려 짐승들의 세계보다 더 더럽고 추잡했다.

그러나 죽음이 만연한 날이 온다면 인간들은 탐욕을 버리고 순수해질 것이다.

더 살기 위해, 더 가지기 위해 아웅다웅하지 않게 되리라.

절망의 끝, 죽음 앞에서 인간은 복종의 미학을 배우게 될 것이다.

그것이 바로 배교가 꿈꾸는 세상이었다.

방우는 이 시대에 패왕의 별이 뜬 것을 결코 우연이라고 생각하지 않았다. 바로 자신들을 위해 나타난 전조라고 굳게 믿었다.

　　　　　*　　　　　　*　　　　　*

"이건…… 악몽이야."

개방(丐幫)의 방주, 황걸(黃乞)은 비통한 표정으로 중얼거렸다. 절정의 고수로 후년에 예순이 되는 그는 이를 악물고 저 멀리 떨어져 있는 숭산을 보았다.

여명 아래 희뿌연 안개가 감도는 숭산의 중턱 위로 검은 연기가 아직도 치솟고 있었다.

황걸은 지난 새벽에 벌어진 일이 지금도 믿기지 않았다. 정파무림에 거대한 충격파가 휩쓸 일이었다.

그는 고개를 절레절레 젓고는 연신 한숨을 흘렸다. 손에 쥐여 있는 청록색의 죽봉인 타구봉에는 철강시의 검은 피와 썩은 살점이 덕지덕지 묻어 있었다.

이십여 구쯤 제거했을까?

삼백 년 전, 배교는 일천 구의 철강시로 세상을 혈겁에 빠트렸다. 그런데 지금은 그때보다 곱절은 되어 보였다.

더 소름 끼치는 것은 예전보다 강하게 개량되었다는 점이다. 그리고 세 구에 불과했지만, 분명 초절정고수와 맞먹는 무력을 가진 괴상한 괴물 강시까지.

십대고수이기도 한 소림 장문인은 괴물 중 하나를 제거했지만, 결국 또 다른 괴물 강시에게 절명했다.

"허어, 마교와 흑천련이 침공하려는 시점에 이 무슨 암담한 일이란 말인가."

탄식하는 황걸에게 모용린이 다가와 말을 건넸다.

"방주님, 이러고 있을 시간이 없습니다. 무림맹 총타와 주변의 문파에게 연통을 넣어야 합니다."

황걸은 몸을 돌려 그녀를 마주 보았다. 그러고는 주변에 망연자실한 표정으로 서 있는 제자들과 무림맹의 청룡단도 훑었다. 넋이 빠진 얼굴의 소림사 무승들은 차마 눈을 마주칠 수조차 없었다.

뒤늦은 후회가 뼈아프게 몰려들었다.

최악의 상황에 대비해야 한다는 빙봉의 말에 더 귀 기울였다면 지난 새벽과 같은 참사는 막을 수 있었을 텐데.

명성 드높은 소림사에 개방과 무림맹의 청룡단까지 입성하면서 오히려 여유가 생겼고, 그것은 독으로 작용했다.

사실 자신들은 빙봉의 경고를 귓등으로 흘려들었다.

배교가 실제 존재한다는 말도 믿기 어려웠거니와, 소림사를 노린다는 대목에서는 절로 실소가 흘러나왔다. 만약 그것이 확실한 정보였다면 사안의 심각성을 고려해 우군사가 아니라 맹주나 총군사가 직접 왔을 터.

즉, 빙봉 우군사가 제 주장을 밀어붙인 것이다.

그럼에도 지원군을 이끌고 온 이유는 하나였다. 모용린의 배경인 모용세가를 배려해 준 것이다.

황걸은 가라앉은 목소리로 말했다.

"우군사…… 미안하네."

그 짧은 말은 많은 것을 함축하고 있었다.

빙봉의 경고를 심각하게 받아들이지 않은 점과 배교가 산을 타고 소실봉 뒤쪽에서 올 가능성이 높으니 매복을 하자는 조언을 무시한 것, 그리고 배교의 전력이 예상보다 강할 경우도 대비하자는 말까지.

자신과 소림 방장은 고작 봉화대를 설치하는 것으로 빙봉의 체면을 세워주었다.

황걸은 뼈저리게 느꼈다. 아무리 정예들이 운집해 있어도 방심하고 있다면, 철저하게 대비하지 않는다면 우왕좌왕하다가 얼마나 무기력하게 무너질 수 있는지.

수많은 실수가 후회스러웠지만, 그녀를 공동 지휘권자에서 배제한 것이 가장 컸다.

모용린은 담담하게 말을 받았다.

"소림 장문인께서 돌아가시고 소림의 주력인 팔대호원과 십팔나한의 대부분을 잃은 건 애석한 일입니다. 하지만 아직 소림의 많은 장로님과 제자들이 건재합니다. 지금은 비통에 잠길 시점이 아니라 다시 일어나 준비해야 할 때입니다."

황걸이 동의의 낯빛으로 고개를 끄덕이며 생각했다. 빙봉 우군사가 천재라는 말은 귀가 따갑게 들었다. 그러나 이렇게 당찬 줄은 몰랐다. 새삼 그녀가 다시 보였다.

"연통 문제는 걱정하지 말게. 하산하면서 취(醉) 장로
에게 이미 명을 내려두었네. 그는 이미 근처에 있는 본방
의 분타에 도착했을 것이네."

"아! 잘하셨습니다."

때마침 소림의 무현 대사와 팽우종, 그리고 청룡단주가
나란히 다가왔다. 팽우종과 청룡단주가 무현 대사를 위로
하고 있는 듯했다.

무현 대사가 황걸과 모용린을 번갈아 보며 말했다.

"우리는 잠시 휴식 후, 다시 올라갈 겁니다."

대사의 말에 황걸과 모용린은 동시에 쓴웃음을 깨물었
다. 심정은 충분히 이해할 수 있었다. 그러나 지극히 어리
석은 판단이다.

황걸이 먼저 입을 열었다.

"장문인을 잃은 대사의 비통함을 모르는 건 아니오. 하
지만 이럴 때일수록 냉정하고 현명한 선택을 내리셔야 합
니다."

모용린이 말을 받았다.

"소림사뿐만 아니라 정파의 기둥이신 장문인을 잃었습
니다. 그리고 소림사의 귀한 제자분들도 잃었습니다. 그
런데 더 많은 제자들의 목숨을 또 허망하게 배교 놈들에
게 내주려는 겁니까?"

그녀의 차가운 말에 황걸과 팽우종이 화들짝 놀랐다.

청룡단주는 질린 표정까지 지었다. 그리고 무현 대사의 얼굴도 붉게 달아올랐다. 팽우종이 그녀를 말렸다.

"빙봉, 말이 과합니다. 지금 대사님의 심정을 아시면서 어찌 그런 말을 하십니까?"

모용린이 시선을 팽우종에게 돌렸다.

"그럼 어떻게 말할까요? 예, 복수하고 싶어서 미칠 지경이실 테니까 그렇게 하세요. 그렇게 말해요? 결과가 빤히 보이는데?"

"빙봉, 그래도 '야' 다르고, '어' 다른 법 아닙니까?"

"저는 그렇게 돌려 말하지 못하는 거 알잖아요."

"……"

"우리는 배교가 올 경우에 대한 준비만 했지, 어떻게 해야 할지에 관한 구체적 대비는 세워두지 못했어요."

그녀의 말에 황걸과 무현 대사의 입에서 한숨이 새어 나왔다. 준비는 빙봉이 해두었는데, 그다음 대비할 기회를 막은 것이 자신들이기에.

모용린은 자신을 바라보는 사람들을 가볍게 훑으며 말을 이었다.

"이젠 늦더라도 제대로 된 대비책을 가지고 움직여야죠."

"……"

"누구나 한 번의 실수는 합니다. 그러나 똑같은 실수를 해서는 안 되지 않겠습니까? 돌아가신 장문인도 분명 제 편을 들어주시리라 믿습니다."

팽우종이 거들었다.

"대사님, 우군사의 의견이 옳다고 생각됩니다. 힘들수록 냉정을 찾으셔야지요. 복수는 나중으로 미뤄야 한다고 저 역시 생각합니다."

무현 대사는 한숨을 삼키고 한참 침묵하다가 말했다.

"아미타불, 인정하네. 돌아가신 장문인과 제자들 생각에 평정을 잃었네. 하지만…… 어차피 철강시의 약점을 알아내야 하지 않나? 우리가 이리 무력하게 물러나면 다음 희생도 결코 작지 않을 것이네."

순간, 모용린의 입가에 묘한 미소가 일었다.

"확실한 건 아니지만, 하나 정도는 알 것 같습니다."

세 사내의 눈이 화등잔만 해졌다. 특히나 팽우종의 놀람은 컸다. 숭산을 내려올 때까지만 해도 철강시의 약점을 알아내야 했다면서 자책하던 그녀였다.

모두가 그녀의 말에 집중했다.

"하나 이 방법에는 단점이 존재합니다. 우리가 공격할 때에는 쓸 수가 없다는 겁니다."

사람들이 고개를 갸웃거리는 가운데 팽우종이 눈을 빛내며 말했다.

"그 말은 저들이 공격해 올 때 사용할 수 있다는 뜻이군요. 음, 일종의 덫을 치고 기다리는 겁니까?"

모용린의 입가에 미소가 번졌다.

"맞아요. 미끼를 던지고 덫으로 끌어들이는 거지요. 그리고 그때 최대한의 피해를 입혀야 합니다. 저들도 한 번당한다면 조심할 테니까. 그러기 위해서 우리는 이제라도제대로 된 준비와 대비책을 세울 필요가 있습니다."

황걸이 물었다.

"어떤 덫을 준비할 셈인가? 자네의 생각이라면 바로 준비해도 좋을 것 같은데."

모용린은 잠시 침묵하다가 답했다.

"죄송하지만, 방금 말씀드렸듯이 아직 확실한 건 아닙니다. 더 조사해야 합니다."

작년 사천에서 천마검에게 농락당하고 무림서생으로부터 많은 깨달음을 얻은 빙봉, 모용린.

그녀는 이제 제 판단에 취해 서두르지 않았다. 나름 확신을 가졌지만, 확인하고 또 확인할 참이었다. 그리고 전서구로 천류영에게도 자문을 구할 셈이었다.

새벽의 참담한 패배로 모두가 좌절한 상태였다. 그것은복수라는 명목으로 흥분을 일으키기 쉽다.

하지만 그녀는 침착했다. 사람들이 모용린을 보는 얼굴에 신뢰의 기색이 어렸다.

황걸과 무현 대사가 잇따라 말했다.

"우리가 무엇을 도와주면 되겠나?"

"아미타불, 우군사를 믿겠습니다."

*      *      *

어둑어둑한 땅거미가 깔리기 시작하는 저녁.

북해빙궁주 설강은 딸과 함께 성벽 위를 거닐다가 초지명과 귀혼창을 보았다.

설강이 한 손을 번쩍 들고 농을 건넸다.

"어이, 이게 누구신가? 하하하, 사흘이나 곰처럼 자더니, 드디어 동면에서 깨어난 건가?"

초지명과 귀혼창이 고개를 돌려 부녀를 보고는 목례를 했다.

설강이 그들 앞으로 다가와 물었다.

"푹 쉬었나?"

초지명이 쓴웃음을 깨물고 답했다.

"깨우지 그랬습니까?"

설상아가 얼굴을 가린 면사에 주먹을 대고는 웃음을 참았다.

"다들 어찌나 달게 자는지 감히 깨울 생각을 하지 못했어요."

귀혼창이 특유의 푸석푸석한 목소리로 말했다.

"그날은 경황이 없어서 제대로 인사도 하지 못했습니다. 저희를 받아주셔서 감사합니다."

그의 말에 설강이 손사래를 쳤다.

"됐네. 나는 그저 헐값에 쓸 만한 용병을 들였다 생각하고 있으니까. 그러니 어서 쾌차해 예전의 명성에 걸맞은 무력을 회복하게."

"그래도 어려운 결정이었다는 걸 잘 알고 있습니다."

설강은 건성으로 고개를 끄덕이고는 초지명과 귀혼창을 가만히 살폈다.

일 년의 도망 살이.

죽 몇 그릇과 숙면 한 번으로 그간의 고생을 털어낸다는 건 불가능하다. 그래도 사흘 전보다는 확실히 낯빛이 나아 보였다.

설강이 둘을 향해 입을 열었다.

"수하들은 아직도 자고 있는 건가?"

귀혼창이 멋쩍은 표정으로 고개를 주억거리자 설강이 다시 물었다.

"잠도 과하면 독이네. 슬슬 깨워서 이제는 제대로 된 식사를 해야지. 그래야 더 빨리 몸 상태가 나아질 것 아닌가."

"예, 그리하겠습니다."

귀혼창이 움직이자 설강이 따라붙었다.

"같이 가세. 어쨌든 한솥밥을 먹게 됐으니, 나도 그 친구들과 얼굴을 터야지."

귀혼창이 엷은 미소를 짓고 답했다.

"예, 가시지요."

둘이 걸음을 옮기다가 설강이 고개를 돌려 딸과 초지명을 보았다.

"너희들은?"

설상아가 담담하게 답했다.

"저는 흑랑대주와 할 말이 있어요."

설강은 딸의 눈을 보며 혀를 찼다.

"일 얘기는 천천히 해도 된다. 죽었다가 살아난 사람에게 벌써부터 부담을 줄 필요는 없어."

하지만 설상아는 오도카니 서서 고개를 저었다.

"저는 그렇게 생각하지 않아요. 미리 마음의 준비를 해 두는 것이 낫다고 생각해요. 그래야 더 빨리 몸 상태를 좋게 만들기 위해 노력할 테니까요."

"흠, 그건 그렇지만……."

"그리고 이들이 정말 그를 상대로 싸울 수 있는지도 알아야 하지 않겠어요?"

초지명이 끼어들었다.

"그러면 누구를 말하는 거요?"

설강이 입맛을 다시자 설상아가 답했다.

"보름에서 이십 일 정도면 적의 선봉대가 이곳에 당도할 거예요. 두 분이 지금껏 경험한 소수의 추격대가 아닌 대(大)부대죠. 그리고 그 부대의 선봉장은…… 섬마검 관태랑이에요."

"……!"

초지명의 눈동자가 흔들렸다. 귀혼창의 악문 잇새로 침음이 흘러나왔다.

"으음, 섬마검 부관이 배신했다는 풍문이 사실이란 말인가?"

귀혼창은 몸까지 부들부들 떨었다. 그것을 지켜보던 설상아가 말했다.

"그와 맞서서 싸울 수 있습니까? 그의 목을 벨 수 있나요?"

귀혼창은 입을 열지 못했다. 여전히 충격에 빠진 침통한 얼굴로 이를 갈았다. 작금의 상황이 악몽처럼 느껴졌다.

초지명이 한숨을 삼키고 설강과 설상아를 보며 입을 열었다.

"당신들과 약속했으니 지켜야겠지. 그리하겠소."

3

설상아는 초지명의 말에 미소를 머금었다. 그러나 만족하지 않고 귀혼창에게 똑같은 질문을 던졌다.

"귀혼창께서는 어떠신가요? 당신의 상관이었던 사람과 싸울 수 있겠어요?"

"……."

"싸울 수 있냐고 물었어요."

설상아가 대답을 재촉했지만, 귀혼창은 고뇌하는 낯빛으로 입술만 깨물었다. 그러자 설강이 나섰다.

"귀혼창, 그럴 자신이 없다면 이곳에서 나가주게."

축객령이 떨어졌다. 그럼에도 귀혼창이 입을 열지 못하자 초지명이 끼어들었다.

"빙궁주님, 그리고 소궁주. 귀혼창을 너무 몰아세우지 마십시오. 섬마검은 그가 존경하는 상관이었습니다. 그에게 생각할 시간을 더 주십시오."

설상아가 어이없다는 표정으로 웃음을 터트렸다.

"호호호, 지금의 섬마검은 배신자일 뿐이에요."

귀혼창이 어금니를 깨물며 설상아를 노려보았다.

"아무리 생각해도 섬마검 부관은 배신할 사람이 아니오."

"하지만 했잖아요! 다시 한 번 말해 드려요? 이곳에 당도할 선발대의 선봉장은 섬마검 관태랑이에요."

"……."

"결정을 내리세요. 그와 맞서 싸울 것인지, 아니면 이곳에서 나갈 것인지."

초지명이 갑자기 둘 사이로 손을 내밀었다. 자연스럽게 세 사람의 시선이 그에게 향했다.

초지명은 쓸쓸한 미소를 지은 채 설강과 설상아를 번갈아 보았다.

"절벽에 위태롭게 서 있는 사람입니다. 백척간두에 있는 사람을 더 이상 밀지 맙시다."

"……."

"섬마검이 선봉장인 것을 우리 눈으로 확인한다면, 당신들이 말려도 귀혼창은 싸울 거요. 그 누구보다 분노해서."

그의 말에 잠시 정적이 흘렀다. 그 고요함을 설강이 깼다.

"하하하하! 좋다, 좋아! 소문은 믿지 않겠다는 말이지? 나쁘지 않아. 사내라면 응당 그래야. 사람들의 세 치 혀에 휘둘리는 것보다 훨씬 낫다. 암, 그렇고말고."

그러면서 그가 귀혼창의 어깨를 두드렸다. 설상아가 눈살을 찌푸리며 윽박질렀다.

"아버지, 이건 중요한 문제예요. 본 궁의 흥망이 달린……."

설강이 손을 들어 딸의 말을 제지했다.

"그만하면 됐다."

"하지만……."

"솔직히 지금 나는 흑랑대주보다 천랑대 이조장, 귀혼
창이 더 믿음직스러워. 이런 친구라면 절대 우리를 배신
하지 않을 거야."

초지명이 흔쾌히 동의했다.

"저 역시 저보다 귀혼창이 더 마음에 듭니다."

진심으로 귀혼창이 부러웠다.

귀혼창은 아직까지 천마검이라는 희망을 부여잡고 있었
다. 그러나 자신은 그 희망마저 바스러진 지 오래였다.

설강이 다시 웃음을 터트렸다.

"하하하! 자네한테는 농이 안 먹히는군. 사람이 어떻게
질투를 안 해?"

그는 귀혼창의 어깨를 두드리고는 말을 이었다.

"자, 가지. 자네 수하들을 본 다음에는 함께 술 한잔하
자구."

귀혼창이 고개를 끄덕였다. 설강이 또 웃으며 그와 함
께 성벽 아래로 내려갔다.

그 모습을 황당하게 지켜보던 설상아가 고개를 절레절
레 흔들었다.

"하여간 아버지는……."

초지명이 피식 웃고는 그녀의 말꼬리를 삼켰다.

"좋은 사람이오."

"그야 그렇지만, 본 궁의 수장이에요. 조금 더 냉철해져야 된다고요. 저렇게 기분에 휘둘려서야……. 휴우우, 내가 말을 말아야지."

초지명이 몸을 돌려 황량한 벌판을 보며 말했다.

"당신이 곁에서 냉정하게 판단해 주니까."

"예?"

"빙궁주가 저럴 수 있는 건 당신을 믿으니까 그런 것이오."

"아버지가 나를 믿어서라고요? 호호호, 착각이세요. 우리 아버지는 원래 저런 분이세요. 기분파에다가 변덕은 어찌나 심한지 말도 못해요. 당신도 알잖아요?"

초지명은 묘한 미소를 머금고 대꾸했다.

"세상에서 많은 사람들이 착각하는 관계가 부모와 자식 간이오. 자신의 자식을, 부모를 누구보다 잘 안다고 믿지."

"……."

"등잔 밑이 어둡다고, 그들은 서로의 진정한 모습을 모를 때가 적지 않소. 본능적으로 상대의 진짜 모습을 파헤치기 두려워하는 것이오. 상처 받을지도 모른다는 두려움 때문에. 그렇게 과대평가나 과소평가하게 되기 십상인 관계가 바로 부모 자식 간이오."

설상아는 고개를 돌려 초지명을 보며 말했다.

"당신 말에 어느 정도 일리가 있다는 건 인정해요. 하지만 우리 아버지는 제가 잘 알아요. 당신보다는 훨씬."

"함께 전장에 서본 적 있소? 생과 사가 한순간에 갈리는 위기를 부친과 함께 겪어본 적이 있소?"

그녀가 당황하며 답하지 못하자 초지명이 말을 이었다.

"전장에서 본 빙궁주는 용맹하기도 했지만, 누구보다 뛰어난 판단력을 지니고 있었소. 예전에 천마검과 나는 술자리에서 그런 말을 한 적이 있었소. 흑천련의 수장들 중 가장 뛰어난 사람을 한 명 꼽으라면 단연 빙궁주라고. 그 사람은…… 큰 사람이오. 좋은 사람인 동시에 무서운 사람이고."

"……!"

"당신은 귀혼창을 몰아붙이기만 했지만, 빙궁주는 달랐소. 어르고 위협도 했소. 하지만 결국은 칭찬하며 그를 끌어안았소. 왜냐하면 귀혼창과 그 수하들의 무력이 필요하니까. 그는 천랑대와 흑랑대의 힘을 누구보다 잘 아는 사람이오. 직접 치열하게 싸워봤으니까."

설상아의 이맛살이 꿈틀거렸다. 그녀는 입술을 꾹 깨물고 성 밖을 보다가 말했다.

"아버지의 행동이 다 계산된 거라는 뜻인가요?"

"아니, 본능적이오. 그래서 더 무서운 사람이라는 거요."

둘 사이로 침묵이 차가운 바람과 함께 들어섰다. 그녀는 부친에 대한 생각에 잠겨들었다. 초지명은 그런 그녀를 잠시 지켜보다가 물었다.

"할 말이 있다는 것은 섬마검 문제뿐이었소?"

그녀가 고개를 젓고는 답했다.

"우리와 상대의 전력에 대해서도 말할 참이었어요."

"……."

"본 궁의 전력은 일천이백 명 가까이 돼요. 그리고……."

초지명이 그녀의 말을 끊었다.

"절정고수는 아직도 빙궁주 한 명뿐이오?"

설상아가 분한 표정을 찰나 지었다가 대꾸했다.

"하지만 고수라 분류되는 일류부터 특급까지가 오백여 명이나 돼요. 총 전력의 사 할이 고수로……."

초지명이 다시 그녀의 말허리를 잘랐다.

"세분해서 말해주시오."

설상아는 초지명을 살짝 흘겨보았다. 이건 마치 그가 상관인 것 같은 모습이 아닌가.

"일류는 사백, 초일류는 육십, 특급은 삼십여 명."

초지명이 고개를 주억거리며 혼잣말했다.

"특급이 삼십여 명이라……. 과연 북해빙궁이오."

일류부터 고수라 취급을 받지만, 진짜배기는 초일류부터였다. 특히나 특급 고수는 절정을 바라보는, 드높은 경지다. 하지만 특급 고수의 태반은 절정의 경지에 다다르지 못한다. 백 명 중 한 명 꼴이나 될까?

그만큼 절정이란 경지는 오르기 어려운 것이었다.

설상아는 주객이 바뀐 것 같은 느낌에 심통이 났다. 그래서 적의 전력을 말하기에 앞서 이곳에 들어온 천랑대와 흑랑대를 언급했다.

"당신과 함께 온 이백 명은 대부분이 초일류죠? 뭐, 천하에 명성이 자자한 부대니까. 하지만 지금의 심신 상태를 냉정히 평가하면 일류 정도로 봐야……."

초지명이 담담한 어조로 그녀의 말꼬리를 삼켰다.

"대부분이 특급."

"예?"

"흑랑대에서 둘, 천랑대에서 셋은 절정. 그리고 나는 일 년 전 초절정에 올랐소. 귀혼창 역시 반년 전 초절정고수가 되었소."

"지금 그걸 말이라고……."

"우리는 이 자리에 서기까지 지옥에 있었소."

"……!"

설상아는 머릿속이 백지가 된 기분이었다. 지금 농을 하냐고 묻고 싶은데도 너무 기가 막히니 말문이 막혔다.

초지명은 고개를 돌려 설상아를 직시했다.

"물론 당신 말마따나 지금 우리의 상태는 최악이오. 그러나…… 약속하겠소. 보름 뒤, 당신들은 천랑대가 왜 천마신교 최강의 부대라고 불리는지, 나와 흑랑대가 왜 전장의 창이라고 불리는지 보게 될 거요."

"……."

"적어도 밥값은 할 거요."

초지명이 옆으로 돌아 걸었다. 그것을 멍하니 바라보던 설상아가 화들짝 정신을 차리고 물었다.

"상대 전력은 궁금하지 않나요?"

초지명이 멈춰 서서 고개를 돌렸다.

"대단하겠지. 소교주가 머저리가 아닌 이상에 우리를 잡으려는 이들을 아무나 데리고 왔을까?"

설상아는 숨을 들이켜고는 대꾸했다.

"구천 명."

그녀의 말에 초지명의 눈동자가 흔들렸다. 이번엔 그의 얼굴에 불신의 기색이 어렸다.

물론 고수의 숫자가 중요하다. 그러나 인원이 어느 이상을 넘어가면 그 숫자가 갖는 힘은 결코 무시할 수 없게 된다.

"그건…… 불가능하오."

"천랑대와 흑랑대, 그리고 본 궁 고수의 숫자를 합치면

칠백 명이죠. 하지만 저들의 고수 전력도 만만치 않아요. 삼천 명."

"……!"

"소교주가 이끌고 오는 부대에는 마교뿐만 아니라 흑천 련 다섯 곳의 정예도 포함되어 있어요. 또한 이곳까지 오 면서 수많은 방파들의 항복을 받아내 그곳에서도 전력을 차출했죠."

초지명은 순간 소교주가 단순히 자신들을 잡고 북해빙 궁을 복속시키는 것만이 목적이 아님을 깨달았다.

통과 과정일 뿐이다.

그들은 북해빙궁을 접수한 후 남하할 것이다. 중원무림 을 향해서.

마교주가 이끄는 천마신교와 흑천련이 중원 침공을 하 고, 모두의 이목이 그리 쏠렸을 때 소교주가 중원의 북쪽 에서 등장하는 것이다.

초지명은 다시 설상아와 마주 보고 고개를 갸웃거렸다.

"믿기 어렵군, 적의 전력이 그런데도 북해빙궁은 결전 을 택했다는 것이."

설상아가 빙그레 웃었다.

"사실 아직도 장로님들은 의견이 분분해요. 겁먹은 수 하들도 적지 않고요."

"……."

"그럼에도 아버지와 제가 항전을 선택한 이유는 해볼 만한 가능성이 있기 때문이에요."

초지명의 외눈이 빛났다.

"수성전(守成戰)을 할 생각이군."

"맞아요. 짧게는 한 달, 길어도 두 달만 버티면 그들은 포기하고 중원무림을 향해 남하해야 해요. 우리 때문에 대계(大計)를 망치는 짓은 하지 않을 테니까."

"그렇겠지."

"그렇다고 본 궁이 성안에 갇혀 있을 수만은 없죠. 가끔은 기습도 하고 맞서 싸워야 할 때도 있을 거예요. 본 궁이 겁쟁이가 아니라는 것을 보여줄 필요가 있으니까. 훗날을 위해서."

초지명은 자신도 모르게 낮게 신음을 흘렸다.

"음, 당신들은 전란 후를 기약하는군."

설상아의 눈에 이채가 스쳤다.

"우직하신 줄만 알았는데 아니네요. 머리가 좋으시군요."

북해빙궁은 마교와 흑천련이 중원무림과의 싸움에서 패하는 쪽에 판돈을 건 것이다.

북해빙궁이 소교주와의 싸움에서 버티고, 마교와 흑천련이 중원무림과의 긴 전쟁에서 패하게 된다면?

북해빙궁이 새외 세력의 최강자로 등장할 수 있는 여건

이 조성될 테니까!

초지명은 빙궁주와 소궁주의 대담한 선택에 기함했다. 동시에 이들이 배교의 존재를 알게 되면 어떤 표정을 지을지 궁금했다.

배교가 마교주와 손을 잡고 중원무림의 내부를 흔들 것을 안다면? 그래도 과연 빙궁주는 그런 결정을 할 수 있었을까?

설상아가 다가와 말했다.

"성 밖에 나가 싸우는 일은…… 당신들이 앞장서 주어야 해요."

초지명은 쓴웃음을 깨물었다.

그녀가 사흘 전 자신에게 한 말이 떠올랐다.

북해빙궁을 위해 죽어달라고 했던 말.

"물론, 그 제안은 이미 받아들였으니까. 기꺼이 당신들을 위해 칼 받이가 되어주겠소."

초지명은 다시 돌아서려고 했다. 그 순간, 설상아가 그의 팔을 잡으며 말했다.

"아직 할 말이 남았어요."

"……?"

"마교는 당신들을 버렸어요. 다시 말해 당신들은 소속이 없다는 뜻이죠."

"그 말은……."

"그래요. 당신과 흑랑대, 그리고 천랑대. 본 궁에 들어올 생각은 없나요? 북해의 사람이 될 생각은 없나요?"

"……."

"그럴 생각이 있다면 우리는 당신들을 아주 귀하게 쓸 겁니다. 칼 받이 따위가 아니라."

초지명은 그녀를 물끄러미 보다가 고개를 들어 하늘을 올려다보았다. 설상아가 그를 보며 초조한 표정으로 닦달했다. 이들의 전력이 예상보다 월등하니 욕심이 커진 것이다.

"결코 나쁜 제안이 아니라고 생각해요. 우리는 어떤 위기와 시련이 와도 당신들을 지키기 위해 울타리가 되어줄 거예요. 한 식구니까."

초지명의 입가에 흐릿한 미소가 스쳤다.

"차라리 그럴 수 있다면…… 좋겠소. 천마검이 없는 지금은 희망조차 남아 있지 않으니. 나 역시 다 잊고 편하게 살고 싶은 생각이 간절하오."

설상아는 고개를 절레절레 저었다.

"이해할 수 없네요. 마교는 당신들을 버렸을 뿐만 아니라 지금도 당신들을 죽이려고 혈안이 되어 있어요. 그런데도 미련이 남았다는 건가요?"

초지명이 고개를 저었다.

"미련 따위가 아니오."

"그게 아니면 뭐죠?"

"내 품에서 죽어가던 수하들에게 약속했소."

"……?"

"그들과 흑랑대의 명예를 회복시켜 주겠다고."

"……!"

"계란으로 바위 치기라는 것을 아오. 하지만 난 그들의 간절한 소망을 결코 잊을 수 없소. 그래서…… 싸울 수밖에 없소. 싸우고 싸우다가 내가 바스러질 때까지. 팔과 다리가 잘리고 하나 남은 눈마저 캄캄해질 때까지. 그래야 저승에서 녀석들에게 할 만큼 했다고 변명이라도 할 수 있지 않겠소?"

설상아는 깨달았다.

흑랑대주는 지금 살아날 희망을 찾는 것이 아니었다. 죽을 자리를 찾고 있었다. 후회 없이 싸우다가 최후를 맞이할 순간을 기다리고 있었다.

그의 외눈과 몸 전체에서 흘러나오는 고통의 무게가 아프게 느껴졌다.

설상아는 그를 회유하는 것이 불가능하다는 걸 알고 대상을 돌렸다.

"천랑대도 그럴까요?"

초지명은 쓴웃음을 깨물고 다시 하늘을 보았다. 얼마 전부터 빛나기 시작한 패왕의 별.

"귀혼창과 천랑대는 밤마다 저 별을 보오."

"죽은 천마검을 그리워하는 거군요."

초지명의 고개가 좌우로 흔들렸다.

"아니오. 희망을 꿈꾸는 것이오."

"……."

"천마검이 거짓말처럼 눈앞에 나타나서 자신들을 절망의 구렁텅이에서 빼내주기를 바라는 것이오. 죽어간 동료들의 복수를 기다리는 것이오. 그와 함께 전설을 만들길 꿈꾸는 것이오."

설상아는 자신도 모르게 실소를 뱉었다.

"풋, 전설이라……. 그건 이야기책에나 나오는 얘기죠. 그리고 설사 그가 살아 있다고 해도 그건 불가능한 일이에요."

초지명도 실소를 흘리다가 대꾸했다.

"천마검을 본 적 있소?"

"예? 아뇨. 당연히 없죠."

"봤다면 그런 말 못했을 거요."

"……?"

"그는…… 그런 사람이오. 어떤 불가능도 가능하게 만들어줄 것 같은 사람. 그와 함께 있는 것만으로도 세상 모든 것을 다 가진 기분이 들게 하는 사람."

"……."

"나는 이제 그가 살아 있다고 믿지 않지만······ 나 역시 그가 그립소. 그와 함께했던 순간들은 늘 찬란한 영광의 나날들이었으니까."

설상아는 황당한 눈으로 그를 보다가 한숨을 삼켰다.

"천랑대도 포기하란 뜻이군요."

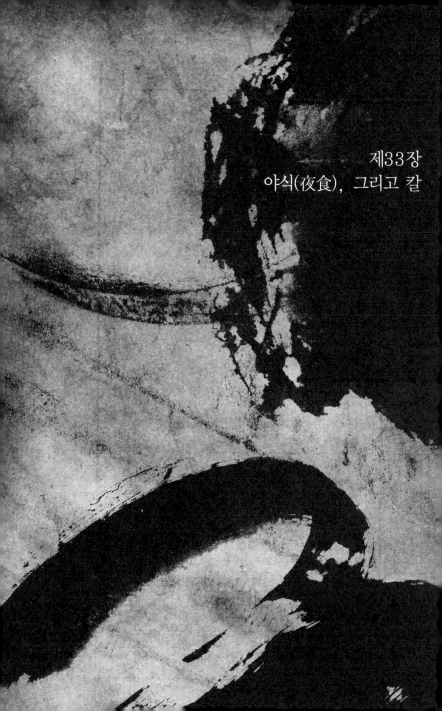

제33장
야식(夜食), 그리고 칼

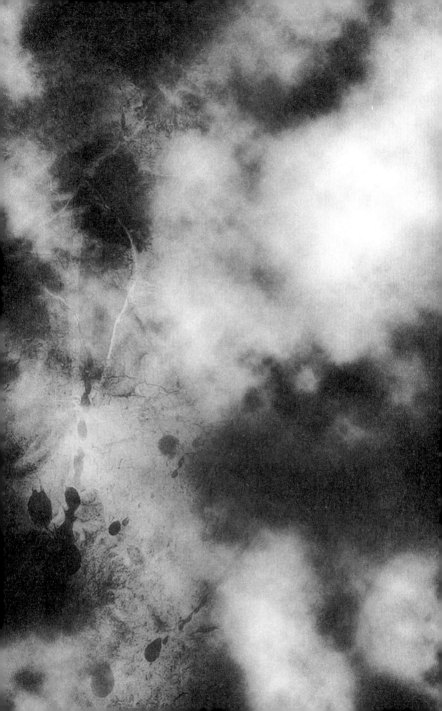

# 1

망망대해에 떠 있는 배로 천마검의 전서구인 금영이 소
식을 가져왔다. 수란 하오문주가 보낸 북방의 정보였다.

선실 내부에는 백운회와 폭혈도, 그리고 추혼밀이 자리
했다. 하유는 수련의 고단함을 이기지 못하고 제 거처에
서 곯아떨어진 상태였다.

백운회를 마주 보고 있던 폭혈도가 긴장한 표정으로 물
었다.

"무슨 얘기가 적혀 있습니까?"

"설강 빙궁주가 본대(本隊)와 흑랑대를 받아들였다는
군."

폭혈도가 안도의 한숨을 내쉬다가 웃었다.

"크허허허! 다행입니다. 하긴 그 양반이 겁쟁이는 아니었죠."

추혼밀은 하품을 참으며 맞장구쳤다.

"우리의 행보가 헛걸음은 아니게 되어서 다행입니다. 물론 우리가 갈 때까지 버틸 수 있느냐는 별개의 문제지만."

추혼밀은 여전히 지금의 여정에 회의적이었다. 뭍에 당도할 때쯤엔 모든 상황이 다 끝나 있을 거란 생각이 지배적이었다.

그의 말에 폭혈도가 발끈했지만, 백운회가 집중하고 있는 터라 속으로 화만 삭였다.

백운회는 하오문주가 보내온 내용을 읽고는 선실 벽에 걸려 있는 지도를 뚫어지게 보았다.

그러더니 일어나서 목탄으로 지도에 동그라미를 쳤다.

하나는 북해빙궁이 있는 곳이었고, 다른 하나는 뇌악천이 이끄는 부대의 위치였다.

그러고는 다시 지도를 보며 생각에 잠겼다.

폭혈도는 백운회가 탁자 위에 둔 쪽지를 가져와 추혼밀과 함께 읽었다.

그러다 폭혈도의 눈이 동그래졌다.

"구, 구천 명? 이, 이게 정말이야? 무슨 인간들이 이렇게 많아?"

추혼밀이 말을 받았다.

"마교뿐만 아니라 흑천련의 다섯 곳, 그리고 그들이 거쳐 오면서 복속시킨 문파들에서 무사를 차출했다고 써져 있잖소."

"아무리 그래도 이건 너무……."

폭혈도가 질린 표정을 지었다. 반면 추혼밀은 허탈한 표정을 지었다. 이젠 다 끝났다는 생각이 가장 먼저 들었다. 결국은 헛걸음이 된 것이다.

아무리 인간의 한계를 뛰어넘은 천마검이라 해도 이건 어찌해 볼 수 없는 상황이었다.

추혼밀의 시선이 천마검에게 닿았다. 놀라운 건 그도 이 내용을 읽었을 텐데 한순간도 좌절하거나 당황하는 표정을 보이지 않는다는 점이었다.

백운회가 입을 열었다.

"이들은 단순한 추적자들이 아니야. 중원무림을 노리고 있는 거지."

얼굴이 핼쑥해진 폭혈도가 고개를 끄덕였다.

"그렇군요. 맞습니다, 대주님."

"북해빙궁주는 소교주 부대의 규모와 움직임을 보고 그걸 눈치챈 거야. 그래서 본대와 흑랑대를 받은 거고. 그들의 힘을 이용해 어느 정도 버티면 시간에 쫓기는 소교주는 결국 남쪽으로 내려갈 수밖에 없다는 걸 간파한 거지.”

이번엔 추혼밀이 고개를 주억거렸다.

“그럴 수 있겠군요.”

백운회는 소교주 부대와 북해빙궁 사이를 살피다가 빙그레 웃었다.

“우리에게 아직 기회가 있을지도. 아니, 있을 거야.”

“……?”

백운회는 목탄으로 북해빙궁에서 하루거리에 있는 지점에 동그라미를 쳤다.

폭혈도가 눈을 빛냈다.

“아슈힐 산(山).”

추혼밀이 폭혈도를 보며 물었다.

“가본 적 있소?”

폭혈도가 고개를 끄덕이며 답했다.

“더럽게 험난하고 추운 곳이오. 산 중턱부터 정상까지는 일 년 내내 눈과 빙하로 덮여 있지.”

“그럼 지금은 산 전체가 눈과 얼음에 덮여 있다는 얘기군요.”

“아마도 대부분 그럴 거요.”

일 년 내내 따뜻한 항주에서 살던 추혼밀인지라 얘기만으로도 오한이 드는지 몸을 살짝 떨었다. 그것을 보며 백운회가 미소 짓고는 폭혈도를 보았다.

"소교주는 추위를 많이 타는 편이지."

뇌악천은 고수임에도 불구하고 체질적으로 추위를 싫어했다. 겨울에는 내공을 이용해 몸을 뜨겁게 하면서 공력을 낭비하고는 했는데, 그럼에도 종종 진저리를 치는 인간이었다.

폭혈도가 고개를 끄덕이며 말을 받았다.

"그놈은 분명 아슈힐 산을 넘지 않을 겁니다."

"그래. 그렇다고 산을 돌아가려면 오륙 일은 기본이지."

백운회는 말을 하면서 목탄으로 한 지역에 동그라미를 쳤다.

아슈힐 산 남쪽에 있는 평야 지역이었다. 백운회가 말을 이었다.

"소교주는 여기에 군영을 꾸리고는 움직이지 않을 거야."

폭혈도가 맞장구쳤다.

"제 생각도 그렇습니다. 놈은 믿을 만한 수하에게 적당히 부대를 떼어주고 그곳에서 결과를 기다리면서 흥청망청 놀 놈입니다."

"폭혈도."

"예, 말씀하십시오."

"나는 북해빙궁으로 갈 것이다."

"혼자서 말입니까?"

"그래."

"그럼 저희들은?"

"아슈힐 산으로 가줘야겠다. 그곳에서 네가 할 일은 내일 중으로 알려주마."

폭혈도는 무슨 일인지 듣지도 않았는데 고개를 숙이며 말했다.

"존명, 반드시 수행하겠습니다."

둘의 대화에 정신이 없어진 추혼밀은 기가 막혔다. 그곳까지 가려면 아직도 열흘 이상 걸린다.

하지만 이해가 가기도 했다.

지금 이 두 사람이 얼마나 초조한지 알 수 있었으니까.

그는 안타까운 눈빛으로 두 사람을 번갈아 보다가 천마검에게 물었다.

"적의 전력이 구천입니다. 정말로 우리에게 승산이 있다고 생각하시는 겁니까?"

백운회는 질문으로 답했다.

"그래서 가고 있는 것 아닌가?"

"……."

반박할 말이 없었다.

그랬다. 그래서 가고 있는 것이다. 그 누구도 죽으려고 그곳에 가는 것은 아닐 테니까.

문제는……　자신의 판단으로는 아무리 봐도 그곳이 죽을 자리란 점이었다.

　추혼밀은 쓴웃음을 삼키며 고개를 흔들었다.

　미친 사람들이다.　그런데 이 미친 사람들과 이십여 일 가까이 배 안에서 부대끼며 미운 정이 들어서일까?

　이 미친 짓이 성공했으면 하는 바람이 슬며시 흉중에 자리 잡고 있었다.

　'나도 미쳐 가는군.'

　추혼밀은 속으로 혀를 차며 천마검을 보았다.

　저 사람 때문이다.

　왠지 모르게 저 사람은 이 황당무계한 짓을 별거 아닌 것처럼 해치울 수 있을 기분이 들게 만들었다.

　백운회가 다시 지도를 뚫어지게 보는 동안 선실엔 침묵이 흘렀다. 추혼밀은 또 그가 무슨 말을 할지 염려스러우면서도 기대가 됐다.

　약 일각 후, 그의 입술이 열렸다.

　"추혼밀."

　"예……."

　"나흘 정도면 이곳에 당도하겠지?"

　추혼밀은 천마검이 가리키는 곳을 보고 대꾸했다.

　"예정대로라면 그렇습니다."

　"나는 이곳에서 내리겠다. 하루라도 더 빨리 가야겠어."

추혼밀은 어안이 벙벙한 얼굴로 지도를 보았다. 아무리 봐도 배로 이동하는 것이 빨랐다. 하지만 이미 천마검의 경공을 본지라 딴죽을 걸 수도 없었다.

"하루라도…… 그 말의 뜻은 원래 목적지에 내리는 것보다 하루 이상 더 빨리 북해빙궁에 당도하겠단 뜻입니까?"

"그렇지."

역시나 그는 태연하게 대꾸했다.

혹시 거리를 착각한 것이 아닐까 싶어서 추혼밀이 짚어주었다.

"그럼 닷새에 저 거리를 돌파하시겠다는 뜻인데…… 그것이 정말 가능하겠습니까? 그리고 설사 가능하더라도 탈진했을 것이 분명한데, 그들에게 무슨 도움이 되겠습니까?"

감정에 휩싸인, 무모하고 어리석은 행동이었다. 이건 천마검답지 않았다. 아니…… 이것이 천마검다운 것일까?

백운회는 추혼밀을 직시하며 말했다.

"가능할지 불가능할지, 탈진할지 안 할지의 문제가 아니야."

"그럼 뭐가 문제입니까?"

"문제는 없다."

"……?"

"그냥 해야만 하는 일인 거다."

추혼밀은 결국 소리 내 웃고 말았다.

그랬다. 이게 정답이었다.

불가능할지라도 해야만 하는 일.

천마검에게, 그리고 폭혈도에게 그건 당연한 것이었다. 저곳에 동료가 있으니까. 저곳에 수하들이 있으니까.

*　　　　*　　　　*

왜구의 총대장, 겐죠는 투석형(投石刑)에 처해졌다. 백성들의 돌팔매질에 처참한 최후를 맞았다.

그는 끝까지 자신이 처한 현실을 믿지 않았다.

'이건 꿈이야!' 라는 말을 비명과 섞어 되풀이했다. 어쩌면 믿지 않는 것이 아니라 믿지 못한 것일지도.

왜구와 일본벌이 사라진 항주와 절강성에는 많은 변화가 생겼다.

진일수가 이끄는 진산표국과 진산상회, 그리고 진산전장이 들어섰다.

표국은 곡식과 물건을 들여왔고, 상회는 싼값에 그것들을 팔았다. 그러자 하늘 모르고 치솟았던 물가가 순식간에 내려갔다.

진산전장은 고리대금에 허덕거리는 백성들에게 대신 빚을 갚아주었다. 농사가 끝난 후에 수확의 절반을 받는 조건으로. 그리고 그때까지의 생활비도 빌려주었다.

이모작, 더 나아가 삼모작까지 가능한 절강성이다. 부지런만 하다면 풍족하게 살 수 있는 천혜의 땅.

하지만 아무리 뼈 빠지게 일해도 노략질로 빼앗겼고, 지주들의 비싼 지대에 허리가 휘어졌던 삶.

그들이 다시 희망을 꿈꾸기 시작했다.

이것이 가능했던 것은 정파가 일본벌을 공략하기 전에 진일수가 은밀하게 수많은 농지를 헐값에 사두었기에 가능했다.

지주들은 쥐어짜 내도 더 이상 나올 것이 없는 상황에 골머리를 앓고 있다가 적당한 가격에 매수자가 나타나자 곧바로 땅을 팔아 치웠다.

물론 그 매수자는 천류영의 대리인인 진일수였다.

백성들은 진산표국과 상회, 그리고 전장이 주는 이 엄청난 혜택이 어떻게 가능한지 깨닫기 시작했다.

진산의 사람들이 말했다.

원래 당신들의 것이라고.

왜구와 일본벌에 빼앗겼던 재화를 돌려주고 있는 거라고.

주루에, 다루에, 거리에, 그리고 집에서…… 사람들이 무림맹 신임 분타주, 천류영에 대해 말하기 시작했다. 그러면서 자신들도 모르게 깨달았다.

한 사람의 지도자가 세상을 얼마나 바꿀 수 있는지.

어제까지 울었던 사람들은 오늘 웃었고, 내일의 희망을 꿈꾸기 시작했다.

그러던 어느 날, 바람을 타고 들어온, 소림사에서 일어난 혈겁.

배교.

그 악마들이 등장한 숭산은 까마득히 먼 곳이었다.

하지만 사람들은 불안해졌다. 혹시나 천류영이 배교와 싸우기 위해 이곳을 떠날까 하는 걱정 때문에.

그런 와중에 새외 세력인 마교와 흑천련이 중원을 향해 출정했다는 소문도 들려왔다.

걱정과 불안이 만연해지자 뜬소문까지 생겨났다.

무림서생 천류영이 무림맹 총타로 차출되었다는.

          *          *          *


"분타주가 차출됐다니?"

검학자 장로는 눈을 껌뻑이며 앞의 청춘들을 보았다.

창천룡 남궁수, 비검 장득무, 매검 화가연.

시원한 바람이 부는 한밤중.

대연무장의 구석에 있는 통나무 의자에 앉은 검학자는

난감한 표정을 지었다.

장득무가 다시 말했다.

"장로님도 금시초문입니까? 천류영 형님이 조만간 총타로 불려간다는 소문이 파다합니다. 못해도 일천 명을 이끄는 사령관이 될 거라는데요?"

화가연이 고개를 갸웃거리며 말을 받았다.

"이천 명이라던데?"

검학자는 남궁수를 보며 물었다.

"너도 그런 얘기를 들었느냐?"

남궁수는 잠시 머뭇거리다가 고개를 끄덕였다.

"예."

"……."

"삼천 명을 이끄는 사령관이라고."

검학자 장로는 조금 길어진 수염을 쓰다듬으며 셋을 향해 물었다.

"분타주에게 직접 들은 것이냐?"

"……."

셋 모두 침묵했다. 그 모습에 검학자가 혀를 끌끌, 찼다.

"쯧쯧, 그래도 명색이 이름난 후기지수들인데, 뜬소문에 휘둘린단 말이냐? 비검은 몰라도 수나 매검은 조금 실망이구나."

장득무가 발끈했다.

"장로님, 저는 왜 따로 취급하시는 겁니까?"

"네 녀석이 제일 엉뚱하니 그렇지."

장득무가 반발하려는데 분타의 정문으로 한 사내가 들어섰다. 그는 주변을 두리번거리다가 검학자 장로를 향해 고개를 숙이며 다가왔다.

"장로님, 오랜만입니다."

야차검 조전후였다.

검학자는 한숨을 삼키고 장득무에게 낮게 말했다.

"그래도 네가 저놈보다는 낫구나."

조전후는 가볍게 인사를 나누고는 기지개를 켰다.

"닷새 만인가? 맞지요, 장로님?"

검학자는 한심하다는 눈빛으로 물었다.

"그래, 이번 산행에선 기연을 찾았나?"

조전후, 그는 새로운 곳에 가면 주변 산을 뒤지는 습관이 있었다. 전대 기인이 남긴 절세신공의 무공 비급과의 조우를 꿈꾸며.

"크하하하! 그것이 쉽게 들어온다면 기연이라고 할 수 있겠습니까?"

"쯧쯧, 차라리 그 시간에 명상과 수련을 하겠네."

"에이, 장로님도. 그래서야 언제 절정고수가 됩니까? 인생, 한 방 아닙니까?"

사람들이 고개를 돌렸다. 저절로 인상이 찌푸려지는 모

습을 굳이 보여줄 필요는 없었기에. 그런데 장득무만은 솔깃한 표정으로 조전후를 보며 말을 받았다.

"하긴 설득력이 전혀 없는 건 아닙니다."

그는 검학자를 보았다.

"장로님께서 무공에 입문해 절정에 오르시기까지 오십 년이나 걸리지 않았습니까?"

검학자는 괜히 뜨끔했다. 평소에 자부심이 철철 넘치던 단어, 절정고수.

그런데 풍운을 보고 나서는 왠지 모를 상실감이 느껴지는 참이었다.

장득무는 심각한 표정으로 조전후에게 물었다.

"그런데 정말 그런 행운이 오겠습니까? 왠지 괜한 헛수고만 할 것 같아서요."

조전후가 혀를 찼다.

"노력도 하지 않으면서 질문만 던져 뭐하나?"

"아!"

"농사를 지어야 쌀을 얻는 법이고, 땀을 흘려야 결실을 따는 것이지."

검학자와 남궁수는 기가 차다는 표정을 지었다. 화가연은 조전후의 말에 고개를 세차게 끄덕이는 사형이 부끄러워 거리를 두었다.

장득무가 밝은 목소리로 말했다.

"그럼 내일 또 다른 산을 뒤지실 겁니까?"

"내가 방금 말한 것을 귓등으로 들었나? 노력하지 않고서는 아무것도 얻을 수 없는 거네. 그물을 던져야 고기를 잡을 수 있잖나!"

검학자와 남궁수, 그리고 화가연은 그냥 한 귀로 듣고 한 귀로 흘린다고 생각했다. 만약 다른 사람이 이런 말을 했다면 한마디 해주었을 테지만, 이 두 사람에게는 그것이 의미 없다는 것을 알기에.

조전후와 장득무는 내일 아침 사흘 일정으로 움직이기로 약속을 잡고는 어깨동무를 했다.

조전후가 물었다.

"그런데 무슨 얘기를 나누고 있었나?"

장득무가 답했다.

"분타주가 사령관으로 차출된다는 소문이 돕니다."

"응? 진짜? 하긴 그럴 수도 있겠군. 아니, 분명 그럴 거야. 능력이 있으니 이천은 이끌지 않을까? 그래, 이천 명은 될 거야."

"일천 명이라고 들었는데요?"

"아니지! 천하의 무림서생이 아닌가. 이천은 되어야지."

"음, 그렇군요. 맞습니다. 일천은 적고, 삼천은 너무 많은 것 같습니다."

조전후와 장득무를 보던 삼 인은 소문이 어떻게 퍼져

나가는지 그 과정을 보는 것 같았다. 너무 진지한 그들의 대화에 자신들마저 솔깃할 지경이었다.

결국 보다 못한 검학자가 나섰다.

"분타주에게 직접 물어보며 될 일 아닌가. 왜 쓸데없는 추측으로 소문을 키우나?"

그 말에 화가연이 어깨를 으쓱하고 말했다.

"워낙 바쁘잖아요."

그녀의 말에 모두가 고개를 끄덕였다.

천류영은 정말 바빴다.

무상, 야월화와 며칠 간격으로 회담을 했고, 진일수 국주와 여러 가지 사업을 진행시켰다.

서문창 무리를 대체할 새로운 무사를 뽑아야 했고, 옳은 일을 하다가 고문을 받고 몰락한 무사들을 만났다. 무공 수련도 했으며, 틈틈이 짬을 내어 독고설에게도 들렀다.

천류영의 하루는 그야말로 순식간에 사라졌다.

어지간하면 잠깐 얘기라도 나누자고 하겠는데, 자리에 붙어 있는 시간이 거의 없었다.

그러다 보니 묘한 소외감을 느끼고 있는 그들이었다.

사실 자신들은 슬슬 사문으로 돌아가야 할 시점이었다. 배교의 등장과 마교, 흑천련이 움직였으니 당연히 그래야 했다.

그럼에도 이렇게 버티고 있는 것은 천류영과 풍운, 그

두 사람과 제대로 된 식사나 술자리도 하지 못하고 떠나는 것이 아쉬웠기 때문이다. 이곳에 온 이유가 그거였는데 말이다.

검학자는 입맛을 다시다가 말했다.

"거참, 내 평생 부지런한 사람을 많이 봤지만, 그 녀석은 정말……."

그는 말을 잇지 못했다.

용한 여의원이라 알려진 여인 중 한 명이 종종걸음으로 다가왔기에.

조전후가 그녀를 보고 반색했다. 화선부의 아름다운 여인이었다. 그녀는 검학자 장로를 향해 다가오다가 조전후를 보고는 기겁해 급히 몸을 틀었다. 그러고는 검학자에게 바투 붙었다.

"자, 장로님."

사람들은 그녀의 안색이 심상치 않은 것을 보고는 긴장했다. 혹시 독고설에게 무슨 일이 생긴 건 아닐까?

남궁수가 급히 물었다.

"무슨 일이십니까?"

"분타주님을 노리는 자객이……."

남궁수가 눈을 빛내며 그녀의 말을 끊었다.

"어딥니까?"

"아, 그게 아직 확실한 건 아니에요. 독고 소저께서 먼저 조사해 보고 알려주신다고 했는데, 불안해서…….”

조전후가 그녀를 안을 듯 양어깨를 확 잡아채고는 버럭 소리 질렀다.

“대체 거기가 어디냐고?”

## 2

무림맹 절강 분타에서 가장 경계가 삼엄한 곳은 어디일 까?

분타의 외담이나 분타주의 거처 등을 꼽을 수 있을 것 이다. 그러나 그 못지않게, 아니, 어쩌면 훨씬 더 중요한 곳이 있다.

숙수방(熟手房).

수많은 사람들이 먹는 음식을 만드는 주방이다.

만약 간자나 자객이 음식에 독을 넣는 일이 발생한다면 치명적인 상황이 벌어질 수 있기에 항시 고수들이 상주한다.

그래서 숙수방을 살피는 고수는 음식에도 일가견이 있 어야 했다. 음식에 들어간 재료가 유해한지 무해한지 알 아야 하기 때문에.

분타의 호법 중 한 명인 정수인은 숙수방을 관리, 감독 하는 인물이다. 그는 요즘 깊은 고민에 빠졌는데, 그것은 다름 아닌 천류영 분타주에게 들어가는 야식(夜食) 때문이었다.

분타주는 우숙이라는 막내 조리사에게 자신의 야식을 전담하게 했는데, 그것에 관해서 아무도 관여하거나 간섭하지 말라는 엄명을 내렸다.

숙수방에서 비밀이라니!

결코 있을 수 없는 일이지만, 분타주가 직접 내린 명이니 감히 파헤치지 못하고 속으로만 끙끙 앓았다.

무슨 엄청난 영약이라도 몰래 먹는 것일까?

이날 밤도 마찬가지로 우숙만 남기고 모두 주방에서 철수했다.

정수인은 여느 때와 마찬가지로 주방 밖에서 야식의 정체에 대해 골몰하고 있는데, 갑자기 검봉 독고설이 들이닥쳤다.

그녀는 주방 문을 열라고 닦달했지만, 정수인은 분타주로부터 받은 명이 있는지라 일언지하에 거절했다.

그러나 독고설은 물러서지 않았고, 그렇게 대치 상태가 이어지면서 주변으로 사람들이 몰려들기 시작했다.

정수인 호법을 비롯한 숙수방을 관리하는 무사들과 숙수들은 곤혹스러워졌다.

독고설이 차가운 어조로 쏘아붙였다.

"다른 사람도 아니고, 분타주께서 드시는 음식입니다. 그걸 비밀로 한다는 것이 말이 됩니까? 만에 하나 그 음식에 독이라도 들어간다면 정 호법께서 책임지실 겁니까?"

정수인은 한숨을 삼키고 답했다.

"검봉, 분타주께서 철저한 보안을 직접 명하신 일입니다. 그러니 저는 그 명을 따를 뿐······."

독고설의 처소에 들렀다가 함께 온 독고포 검풍대주가 정수인의 말을 끊었다.

"정 호법, 우리는 방금 이상한 얘기를 듣고 달려온 겁니다. 분타주님의 야식에 이상한 것이 들어간다는 얘기를 들었어요."

순간, 정수인의 머릿속이 어지러워졌다.

이상한 것?

그게 무얼까?

독고포의 말이 이어졌다.

"음식에 이상한 것이 들어간다면 무엇이겠습니까? 정 호법, 당신도 알고 있겠지만, 우리 분타주는 마교의 암살 대상에 올라 있습니다. 그것도 특급 척결 대상으로요."

"예, 알고 있습니다."

"풍운 소협을 비롯해 여러분이 분타주를 호위하고 있으니 자객이 쉽게 접근하지는 못하겠지요. 하지만 우리는 다른 방법으로 접근할 자객에 대해서도 생각해야 합니다."

정수인은 점점 궁지에 몰리는 자신의 처지를 느끼며 변명을 해 댔다.

"그래도 우숙은 아닐 겁니다."

"우숙?"

"아! 분타주님의 야식을 전담하는 숙수입니다. 그 친구는 무공을 모르는……."

"자객이 그 우숙이란 자에게 접근해 매수했을 가능성은 전무하오?"

"……."

정수인이 대꾸를 하지 못하자 독고포가 심각한 표정으로 말했다.

"일단 알겠습니다. 그건 차차 조사하면 될 테니까요. 그런데 대체 분타주께서 드시는 야식은 뭡니까?"

정수인의 얼굴이 일그러졌다.

독고설이 그의 표정을 보고 황당하다는 표정을 지었다.

"설마 정 호법께서는 분타주께서 야식으로 무엇을 드시는지 모르고 있는 겁니까?"

조전후와 함께 당도한 검학자 일행은 상황이 요상하다는 것을 깨달았다.

자객인 것이 아니라 자객일 수도 있는, 아니, 자객으로부터 매수당했을, 아주 작은 가능성에 대한 얘기가 오가고 있었다.

화가연이 남궁수와 장득무에게 속삭였다.

"자객이 아닌 것 같은데요?"

그녀의 말에 남궁수가 쓴웃음을 깨물었다. 독고설이 천류영을 얼마나 걱정하는지 알기에.

남궁수가 낮게 대꾸했다.

"아무래도 검봉이 별일 아닌 일에 과하게 반응한 것 같소."

화가연이 고개를 끄덕여 동의했다.

"예, 그런 것 같아요. 하지만…… 그럴 필요도 있다고 생각해요. 우리 분타주님을 노리는 사람은 적지 않을 테니까."

"그건 그렇소."

그들도 다른 사람들처럼 호기심에 사로잡혀 장내를 주시했다.

독고설과 정수인이 팽팽하게 대치하는 가운데, 상황을 지켜보던 검학자 장로가 혀를 차며 끼어들었다.

"쯧쯧, 아무리 그래도 그렇지, 정 호법은 책임자로서 분타주가 무얼 먹고 있는지는 알고 있어야 하는 것 아닌가?"

정수인은 자신도 답답하다는 얼굴로 주먹으로 가슴을 치고는 말했다.

"장로님, 저 역시 분타주께 저는 알아야 하는 것 아니냐며 몇 번이나 간청을 했습니다. 하지만 그때마다 거절하시니 어쩔 도리가 없었습니다."

"허어, 꽉 막힌 사람이로고. 그래서 끝까지 주방 문을 열지 않겠다는 건가?"

정수인은 입술을 꾹 깨물고는 단호하게 고개를 끄덕였다.

"예. 하지만 여러분의 염려를 분타주께 상달해서 야식에 대해 알아보겠습니다. 그러니 오늘 밤은 물러나 주십시오."

독고설이 고개를 저었다.

"아뇨, 저는 그 우숙이라는 사람이 나올 때까지 기다릴 겁니다. 그래서 그 야식을 직접 봐야겠어요."

정수인이 짜증스럽다는 얼굴로 받아쳤다.

"분타주께서 내린 명을 거역하겠다는 겁니까?"

정수인은 화가 치밀었다. 자신은 명을 따르고 있을 뿐이다. 그런데 자신을 나쁜 놈으로 몰아가는 이 상황이 마음에 들지 않았다.

그때, 한 노인이 지팡이로 바닥을 찍으며 걸어 나왔다.

"이렇게 합시다."

그 노인에게 사람들의 시선이 집중됐다.

고청검(孤靑劍) 왕명.

천류영이 일본벌을 소탕했던 새벽에 가장 먼저 찾아가 인사를 드렸던 천막촌의 촌주.

그는 지금 분타의 감찰단주가 되어 있었다.

왕명은 천류영의 영입을 계속 고사했었다. 늙고 힘없는 자신보다 젊고 유망한 사람을 찾으라고 말했다. 그러나 천류영이 삼고초려까지 마다하지 않으니 결국 닷새 전, 감찰단을 맡게 된 것이다.

왕명은 자신을 보는 사람들을 가볍게 훑고는 정수인을 직시했다.

"정 호법."

정수인은 천류영 분타주가 그에게 얼마나 깍듯한지를 잘 알고 있기에 조심스러운 모습으로 포권을 취했다.

"감찰단주께서도 나와 계셨군요."

"사실 가장 답답한 것은 정 호법일 겁니다."

"……."

"그리고 주방 안에서 지금의 소란을 들으며 떨고 있을 우숙이란 숙수도 마찬가지겠지요."

왕명은 부드러운 미소를 짓고는 말을 이었다.

"제가 맡은 일이 감찰입니다. 분타주께서는 지위고하를 막론하고 누구나, 그리고 또 어디라도 비리의 의혹이 있으면 조사하라고 하셨습니다. 설사 분타주님 자신이라도 말이죠."

모두가 다 알고 있는 사실이었다. 천류영이 왕명을 감찰단주로 임명하는 날 모두의 앞에서 강조했던 말이니까.

독고설과 남궁수는 왕명이 무슨 말을 하려는지 간파하고는 동시에 나직한 탄성을 뱉었다.

왕명이 정수인에게 말했다.

"제가 그래서 지금 숙수방을 조사하고 싶습니다."

절묘한 묘수였다.

정수인은 당황하다가 쓴웃음을 깨물었다. 그는 고개를

천천히 끄덕이며 옆으로 물러섰다.

"그렇다면…… 어쩔 수 없지요."

지켜보던 많은 사람들의 눈이 반짝거렸다.

자객, 혹은 자객에게 매수당한 요리사일까?

사실 가능성이 그리 많지 않다는 것을 이미 많은 사람들은 깨닫고 있었다. 우숙이 먼저 분타주에게 접근한 것이 아니고, 분타주가 명을 내린 것이니까.

하지만 그럼에도 천류영에게 작은 위험이라도 있다면 그것을 확인하고 싶었던 것이다. 그리고 야식의 정체도.

끼이익.

왕명이 안으로 들어가기 전에 주방 문이 열리고 우숙이 걸어 나왔다.

스물두 살의 청년.

왕명의 말마따나 밖에서 일어나는 소동에 긴장해 있던 그는 이 야심한 밤에 생각보다 많은 사람들이 몰려와 있는 것을 보고는 당황해서 허리를 깊게 숙였다.

"우숙이라고 합니다."

그는 양손으로 들고 있던 쟁반을 앞으로 내밀며 말했다.

"분타주님이 매일 밤 드시는 야식입니다."

사람들은 붉은 천 상보(床褓)로 덮여 있는 쟁반을 보며 눈을 빛냈다. 정수인마저 궁금증에 침을 꼴깍 삼켰다.

왕명은 고맙다는 말을 하며 우숙이 들고 있는 쟁반의

상보를 잡아 올렸다.

두 개의 사기 그릇.

그 그릇에 담겨 있는 음식의 정체를 가장 먼저 본 왕명과 정수인의 눈동자가 거칠게 흔들렸다.

독고설과 독고포가, 검학자 장로와 남궁수 일행이 다가왔다. 그리고 많은 사람들이 몰려들었다가 궁금해하는 다른 사람들을 위해 뒤로 빠져주었다.

충격의 정적이 조용히 흘러갔다.

조전후가 한 그릇을 가리키며 물었다.

"이, 이거, 쥐 맞아?"

우숙이 한숨을 쉬며 고개를 끄덕였다.

"예, 맞습니다."

"지금 우리 분타주께서 쥐 고기를 별미로 드신다는 거야?"

우숙은 입술을 꾹 깨물더니 조전후를 직시했다. 그 눈빛이 마치 노려보는 것 같았다.

"별미로 드시는 게 아닙니다. 처음에는 분타주께서도 몇 번이나 이것을 드시면서 토하셨습니다."

"그, 그래? 그럼 이걸 왜 자청해서 먹는 거지?"

우숙이 입을 열기도 전에 검학자 장로가 물었다.

"그럼 이건 뭔가? 죽 같은데."

우숙이 답했다.

"피죽입니다."

"이게 말로만 듣던 피죽인가? 잡초인 피로 만든 죽?"

"예, 그렇습니다."

갑자기 조전후가 누가 말릴 새도 없이 손가락을 그릇에 푹 찔러 넣더니 제 입으로 가져갔다.

피죽의 맛을 본 조전후의 얼굴이 일그러지더니, 바로 뱉어냈다.

"퉤, 퉤, 더럽게 맛없네."

그는 살짝 진저리를 치고는 모든 사람들이 궁금해하는 것을 물었다.

"정말 이 음식들이…… 분타주께서 너에게 요구한 거냐?"

"예."

"거짓말이면……."

"제가 무슨 힘이 있다고 무사분들께 거짓말을 하겠습니까?"

"……."

"쥐도 처음엔 분타주께서 직접 잡으셔서 저에게 조리법을 알려주셨습니다. 쥐의 배를 갈라 내장을 빼내고……."

우숙의 말을 독고설이 손을 들어 제지시켰다.

"자, 잠깐만요."

하얗게 질린 그녀는 뚫어지게 쟁반 위의 음식을 보다가 사람들에게 말했다.

"분타주께서 지시한 일이 맞아요. 이곳에 온 첫날, 서문창을 속인 다음에 제가 이제는 뭘 할 거냐고 물었던 적이 있어요. 그때 그분이 빙그레 웃으면서 쥐를 잡겠다고 하셨어요. 저는 그저 농인 줄 알았는데…….”

그녀의 눈에 습막이 펼쳐졌다.

그 사람이 왜 이런 야식을 먹는지 알 것 같아서였다. 왕명이 침음을 삼키며 하늘을 올려다보았다.

"이런 사람도 있구나.”

그의 탄식에 궁금증을 참지 못한 화가연이 질문을 던졌다.

"죄송하지만, 저는 지금 무슨 말씀을 하시는지 도통 모르겠어요.”

우숙이 그녀를 향해 고개를 돌리고 입을 열었다.

"분타주께서 피죽과 쥐 고기를 만들라 하시면서 저에게 이렇게 말씀하셨습니다.”

“……?”

"항주와 절강의 많은 백성들은 이 피죽과 쥐 고기로 연명하고 있다지요, 라고요.”

“그, 그럼…….”

"예. 분타주께서는…… 하루에 한 끼는 많은 백성들이 먹는 것으로 하시겠다면서…… 그런데 조반부터 석식까지는 사람들과 함께할 경우가 많으니 야식으로 만들어 달라고…… 차마 못하겠다는 저에게 신신당부하셨습니다.”

주변에서 혀를 차며 분타주의 식성이 이상하다며 중얼거리던 사람들의 소리가 순식간에 사라졌다. 그 위로 우숙의 목소리가 달렸다.

"높은 분의 명이기도 하지만, 그분의 진심이 느껴져서 거절할 수가 없었습니다. 그러면 안 될 것 같았습니다."

남궁수가 뜻 모를 한숨을 뱉고는 물었다.

"언제까지 이 음식을 들겠다고 하셨나?"

"몇 달만 지나면 아무리 가난한 백성도 밥은 먹을 수 있게 만들 거라고 하셨습니다. 그때까지만 부탁한다고."

화가연이 쟁반 위 그릇의 쥐를 보고는 진저리를 치며 말했다.

"민초를 생각하는 건 좋지만, 이렇게까지 할 필요가 있을까요? 이렇게 먹는 사람이 얼마나 된다고."

그녀의 말이 끝나자마자 왕명이 입을 열었다.

"왜 이곳을 하늘도 버린 땅이라고 부르는 줄 아시오?"

"예?"

"나도 며칠 전까지…… 저 피죽과 쥐 고기를 먹었어요. 내 아들과 며느리도, 그리고 손주도. 항주와 절강성에 사는 수많은 사람들이 실제로 저렇게 먹고 버티고 있어요. 살아야 하니까……. 허허허, 모진 삶, 그게 뭐라고 살아야 하니까."

"아! 죄, 죄송해요."

왕명이 손사래를 쳤다.

"매검이 미안해할 필요는 없어요. 우리가 이렇게 먹는
다고 당신들도 이리 먹어봐야 한다고 요구할 생각은 전혀
없으니까. 나뿐만 아니라 다 그렇게 생각해요."

"……."

"하지만…… 지금 내 가슴이 울컥하는군요. 내가 젊었
으면 좋겠어요. 내가 강했으면…… 좋겠어요."

왕명은 주변의 사람들을 천천히 훑으며 말을 이었다.

"당신들처럼 말이죠. 그래서 분타주에게 조금이라도 더
힘을 보탤 수 있다면 얼마나 좋을까요? 누군가를 위해 죽
어도 좋겠다는, 아니, 죽었으면 좋겠다는 생각을…… 내
평생 처음 하게 되네요."

그는 고개를 다시 들어 하늘을 올려다보았다.

사람들의 눈이 그가 바라보는 곳을 쫓았다.

패왕의 별.

정수인 호법이 깊은 한숨과 함께 말했다.

"소싯적에 패왕의 별을 꿈꾼 적이 있습니다. 하지만 제
능력의 한계를 깨닫고 접었지요."

모두가 침묵하는 가운데 그가 다시 한숨을 토해내고는
말을 이었다.

"그래서 그다음 관심사는 누가 패왕의 별이 될까라는
의문이었습니다. 정파의 십대고수를 비롯해 사파와 마교

등 수많은 영웅호걸들을 비교하고 그랬습니다."

많은 이들이 고개를 끄덕이며 정수인의 말에 동의했다. 자신들도 그랬으니까.

정수인은 고개를 내려 쟁반 위 음식을 보고는 미소를 머금었다.

"그때마다 패왕의 별 후보라 생각한 영웅호걸들은 모두가 불처럼 뜨거웠습니다. 사람들의 마음을 단숨에 사로잡는 패기가 넘치는 인물. 예를 들면 풍운 소협이 그랬습니다. 저번 왜구와의 싸움에 등장했을 때, 그리고 겐죠를 무너뜨릴 때, 저는 속으로 소리 질렀지요. 아! 저 청년이 패왕의 별일 수 있겠구나! 라고요."

역시나 많은 이들이 동의의 표정을 지었다. 기실 천류영이 백성들의 마음을 빠르게 사로잡긴 했지만, 이곳의 무사들에게는 풍운이 더 주목 받고 있었다.

그의 강렬한 무위는 모든 무사들의 꿈이었으니까.

정수인은 자신의 말을 들으며 빤히 쳐다보는 독고설을 보며 미소 짓고 말했다.

"개인적으로 저는 지금도 풍운 소협이 가장 패왕의 별에 근접하고 있다고 생각합니다. 그의 나이 불과 스물하나. 앞으로 어디까지 성장할지 추측조차 되지 않으니까요. 어쩌면 고금천하제일인이 될지도. 그런데…… 지금 분타주님도 제 마음에 스며드네요. 불처럼 뜨겁지는 않지만,

물처럼 서서히 스며드는 그분이."

## 3

왕명이 고개를 끄덕이며 정수인의 말을 받았다.

"좋은 말이오. 불처럼 뜨겁지는 않으나 물처럼 서서히 스며든다라……. 긴 무림의 역사에 수많은 영웅들이 있었으나 아마 우리 분타주 같은 사람은 처음인 것 같소. 새 술은 새 부대에 담아야 하듯이 새 시대는 우리 분타주 같은 사람이 이끌면 좋겠는데. 허허허."

사람들은 왕명이 하는 말을 듣고 눈을 빛냈다. 왕명은 지금 천류영을 패왕의 별이라 생각하고 있다는 것을 돌려 말하고 있었다.

검학자는 주변에 있는 군웅들을 보며 입술을 깨물었다. 기실 방금했던 왕명의 말은 엄청난 발언이었다.

그런데도 많은 사람들은 왕명의 말에 딴죽을 걸지 않았다. 아니, 대부분이 동의의 낯빛이었다.

무림서생 천류영이 많은 무사들에게 마음을 얻어가고 있는 장면을 목도하자 묘한 기분이 들었다. 특히나 사문의 앞날을 책임질 주역 중 한 명인 남궁수마저 고개를 끄덕이는 장면에서는 왠지 모를 한숨마저 흘러나왔다.

왕명이 독고설을 직시하며 물었다.

"검봉은 분타주에 대해 어떻게 생각하시오?"

독고설은 우숙에게 오늘 밤 야식은 자신이 직접 전달하겠다며 쟁반을 받아 들고는 왕명을 마주 보았다.

"제가 비록 여자이긴 하지만, 저도 패왕의 별을 꿈꿨던 적이 있습니다."

"허허허, 검봉이라면 충분히 그럴 만하다고 생각해요."

"그런데 이제는 싫어요. 우리 분타주님이 그 별을 별로 좋아하지 않거든요."

사람들의 의아한 얼굴로 독고설을 주시했다. 남궁수가 고개를 갸웃거리며 물었다.

"그가 패왕의 별을 싫어하오?"

"예. 욕망의 별이라고, 과한 욕망은 사람을 파멸로 몰아가기 쉽다고."

독고설은 다음 말을 목 안으로 삼켰다. 하지만 그런 천류영조차도 인정하는 사람이 있었다.

천마검 백운회.

그러면 초심을 잃지 않고 전무후무한 위대한 길을 걸어갈 수도 있을 것이라고 인정했었다.

왕명이 말을 받았다.

"시대가 영웅을 만들지. 분타주가 원하지 않더라도 세상이 그렇게 만들어갈 수도 있답니다."

독고설이 흐릿한 미소를 짓고 침묵하다가 입을 열었다.

"저는 그 사람이 그 길을 가지 않았으면 좋겠어요."

"……?"

독고설은 쟁반 위 야식을 보며 한숨을 쉬고 말했다.

"너무 힘든 길이니까요."

"……."

"높은 곳에 올라 스스로 변할 것을 경계해서인지, 아니면 가난한 민초를 늘 생각하고 싶어서인지는 모르겠지만, 이런저런 이유로 쥐와 피죽을 드시는 분이세요. 하루에 잠자는 시간이 한두 시진밖에 되지 않아요. 저는…… 그를 볼 때마다 미안해요. 그의 능력이면 언젠가 분명…… 빛을 보고 편안하게 잘살 수 있었을 거예요. 그런데 제가 그를 무림으로 이끌어 고된 가시밭길을 걸어가게 만들었어요. 그게…… 너무 미안해요."

*　　　　*　　　　*

천류영은 숙수방에서 자신에 대한 얘기가 오가는지도 모른 채 한 사람을 만나고 있었다.

하오문주 수란.

그녀는 미소 지으며 맞은편 다탁에 앉아 있는 천류영에게 말을 건넸다.

"요즘 분타주님과 더불어 소문이 자자한 청년 영웅을

보고 싶었는데, 자리에 없네요?"

천류영은 손가락으로 벽을 가리키며 답했다.

"옆방에 있습니다. 아마 지금쯤이면 운기조식을 마치고 자고 있을 거예요."

수란이 아쉬운 표정으로 입술을 내밀었다.

"풍운 소협이 분타주의 최측근 호위 아닌가요? 무슨 호위가 먼저 잠드는 경우가……."

천류영이 웃는 얼굴로 그녀의 말을 끊었다.

"경계해야 할 사람과 만날 때만 호위를 서달라고 했습니다. 예를 들면 무상과 야월화를 만날 때같이. 수란 누님도 아시다시피 풍운은 제 호위로 쓰기엔 아깝잖아요. 그리고 누님은 경계할 사람이 아니라 제가 믿는 사람이니까요."

"뭐, 고맙다고 해야 하나요? 호호호."

"하하하, 아닙니다. 어쨌든 그 녀석에겐 가능한 많은 시간과 재량권을 주려고 노력하고 있어요. 무림의 동량인 녀석을 제가 필요하다고 마구 부려먹을 수는 없지요."

"그건 그렇죠. 사실 이번 전투로 풍운 소협이 패왕의 별 후보로 급부상하고 있으니까요. 우리 분타주님의 말마따나 호위로 쓰는 건 너무 아깝죠."

천류영은 고개를 끄덕이며 본론으로 들어갔다.

"제가 수란 누님을 뵙자고 한 건 우선 왈패들 문제 때문입니다."

왜구와 일본벌이 사라졌지만, 그에 기생해 오던 왈패들은 아직 적지 않게 남아 있었다. 처음에는 숨죽이고 있던 그들이 며칠 전부터 슬슬 활동을 시작한 점을 지적하는 것이었다.

수란이 눈을 빛내며 말을 받았다.

"점조직이기도 하고 뒷골목까지 들어갈 여력이 안 되니 본문이 대신 힘을 써달라는 건가요?"

"하오문이 그쪽에서는 가장 영향력 있는 곳이니까요. 저는 솔직히 이해가 되지 않는 게, 왜 수란 누님이 그들을 방치하는지 모르겠습니다. 눈치를 봐야 하는 일본벌도 없는데 말이죠."

수란은 다리를 꼬며 찻잔을 들었다.

"음지에서 피어나는 독버섯을 다 없애는 건 불가능해요. 적당히 관리하는 게 최선이죠. 또한 그들도 음지에서나 가능한 여러 가지 일들을 처리해요. 그것을 모조리 잘라내면 오히려 부작용이 생길 수도 있어요."

"하지만 사람들이 희망을 다시 꿈꾸기 시작한 지 얼마 되지 않았습니다. 그런 시점에 찬물을 끼얹을 수도 있는 그들을……."

수란이 고개를 저으며 천류영의 말꼬리를 삼켰다.

"분타주께서는 스스로에 대해 잘 모르시네요."

"예?"

"그들은 분타주를 두려워하고 있어요. 그러니 언감생심 과한 짓을 벌이지는 않을 거예요."

천류영은 불만스러운 표정을 지었다. 수란은 그 모습이 귀엽다는 생각을 하며 소리 없이 웃고는 말을 이었다.

"이렇게 하죠. 분타주께서 그렇게 걱정하니까 본문이 뒷골목 왈패는 책임지고 관리할게요. 양민들이 그들에게 피해를 보는 일을 최소화하도록."

"……."

"세상엔 빛과 그림자가 공존하는 거예요. 빛만 있는 세상은 없어요. 약간의 독버섯도 있어야 좋은 버섯이 귀한 것을 아는 법이랍니다."

천류영은 입술을 꾹 깨물고 침묵하다가 고개를 끄덕였다.

"알겠습니다. 그럼 그 문제는 뒷골목 전문가이신 누님 만 믿겠습니다."

"호호호, 좋아요."

"그럼 두 번째로, 항주와 절강성의 많은 대장간들과 철물점들이 하오문의 비호하에 일을 하더군요."

수란의 얼굴이 굳었다. 그녀는 찻잔을 가볍게 내려놓고 물었다.

"설마 우리 사업까지 건드리려는 건가요? 우리 분타주 님 그렇게 안 봤는데, 조금 무섭네요."

"농기구 가격이 치솟고 있습니다."

수란이 눈살을 찌푸리며 대꾸했다.

"그야 이곳뿐만 아니라 대륙 전체가 그래요. 전쟁이 다가오니 수많은 방파들이 병장기를 요구하고, 그에 따라 철 값이 오르니 그럴 수밖에요. 더구나 여기는 분타주님 덕분에 다시 농사일을 시작하려는 사람들이 많아져서 공급이 수요를 따라잡지 못해요."

"당분간은 가격을 올리지 말아주십시오. 이제 논과 밭에 씨를 뿌리며 보다 나은 내일을 꿈꾸는 민초들이 수십만 명입니다."

수란은 혀를 차고 차갑게 대꾸했다.

"폭리를 취하려는 게 아니라 시장가격이 그래요. 철이 부족하니까 자연스럽게 오르는 거라고요."

"일단 왜구와 일본벌에서 회수한 병장기들을 드리겠습니다. 그것만 녹여도 상당한 양이 될 겁니다."

"……."

"그래도 발생하는 손해는 제가 대신 메우겠습니다. 그러니까 농기구 가격을……."

수란은 한숨을 삼키며 천류영의 말을 끊었다.

"왜구로부터 얻어낸 재화가 아무리 산더미라고 해도 그렇게 쓰다간 금방 동이 날 거예요."

"어차피 그건 제 돈이 아닙니다. 남의 돈을 오래 가지고 있으면 욕망에 사로잡혀 돈의 노예가 되고 맙니다."

"남의 돈이라……. 정말 분타주는 제가 처음 보는, 아주 독특한 사람이에요."

"몇 달만 지나면 많은 농부들이 수확을 하게 될 테니까, 그때까지만 부탁드립니다."

수란은 꼬았던 다리를 풀고 등허리를 꼿꼿하게 폈다. 그러고는 천류영을 직시하며 물었다.

"솔직히 이해가 안 가는 점이 있어요. 목숨을 걸고 싸웠잖아요. 그럼 분타주도 얻는 게 있어야죠. 대체 무엇을 위해 그리 싸운 거죠? 무엇보다 분타주는 천마검과 약속했잖아요. 마교와 싸우겠다고. 굳이 그 약속 때문이 아니더라도 길어야 몇 달이면 분명 분타주는 그들과 싸우기 위해 이곳을 떠나야 할 상황이 올 거라고 장담할 수 있어요. 그런데 왜 이곳에 그렇게 공을 들이는 거죠?"

수란은 정말로 궁금했다.

사오주와의 협상에서도 절강성은 최후까지 건드리지 않겠다는 항목을 넣었다.

천류영은 다시 희망을 꿈꾸는 이곳의 사람들을 무너뜨리는 것은 너무 잔인하지 않느냐고 주장했지만, 솔직히 설득력이 떨어졌다.

천류영이 이곳에서 오래 머물며 명예를 얻으려고 하는 것이라면 이해가 된다. 그러나 그는 머지않아 떠날 사람이다. 그런데 그런 곳을 위해 막대한 재화를 쏟아붓는 천류영의 행동은 상식적인 것이 아니었다.

더 높은 권력과 명예를 원한다면 적당히 애쓰는 척하면서 다음을 위해 재화를 아껴두는 것이 현명한 일이었다.

천류영이 빙그레 웃고 입을 열려고 하자 수란이 먼저 말했다.

"솔직한 생각을 얘기해 줘요. 무엇을 위해 이렇게 이곳에 공을 들이는지. 분타주의 이런 행보는 무림맹과 서문세가로부터 결국 눈총을 받게 될 거예요. 여기에서 아무리 잘난 척해봐야 이곳을 뜨면 그들로부터 상당한 견제를 받게 될 거예요. 그런 위험을 무릅쓰고 왜 그렇게……."

천류영이 그녀의 말을 끊었다.

"수란 누님, 소림사의 혈겁으로 대륙은 이제 전쟁의 광풍에 휩쓸리게 됐습니다."

"……."

"전쟁은 사람들을 피폐하게 만듭니다. 먹고살기 어려워질 겁니다."

"그런데요?"

"전쟁이 끝나면 힘없고 가난한 사람들은 더욱 어려운 삶에 처하게 될 겁니다. 막막하고……."

수란이 답답하다는 표정으로 천류영의 말을 막았다.

"저는 지금 천하의 민초들이 전란 후에 겪어야 할 삶에 대한 게 아니라 지금의 절강성에 대해 묻고 있는 겁니다.

이곳에서 당신의 행보가 갖는 진짜 의미를 말이에요."

천류영이 어깨를 으쓱하고 말을 받았다.

"천하의 사람들은 그때 절강성을 보게 될 겁니다. 하늘도 버렸던 땅에 살던 사람들이 힘차게 일어난 모습을. 그러면서 그들도 힘을 내고 살아갈 수 있을 겁니다. 하늘도 버렸던 이 땅이…… 천하에 희망을 전파할 수 있을 겁니다."

"……!"

"절강성만의 문제가 아닙니다. 제 명예 따위도 아니에요. 그렇게 사소한 일이 아닙니다. 이건 나중에 현실로 닥칠 수천만 명의 사람들이 겪어야 하는, 먹고사는 문제가 달린 일이에요. 수많은 아버지와 어머니가 다시 일어날 수 있게 만들 수 있어요. 청년들이 내일을 꿈꿀 수 있도록 하는 일입니다."

"……."

"지금 제가 하는 작은 투자가 나중에 수천만 명에게 큰 희망으로 돌아오게 할 수 있습니다. 그러니 권력자인 제가 해야 되지 않겠습니까? 아니, 해야만 하는 것 아닙니까?"

수란은 충격을 받아 말문이 막혔다. 천류영이 그렇게 크고 깊게 생각하고 있는지 상상조차 못했기에.

그리고 권력자란 단어가 이렇게 아름답게 들릴 수도 있다는 사실을 처음 깨달았다.

그녀는 순간 눈앞의 천류영이 마치 태산처럼 크게 보였

다. 너무 커서 압도당하는 기분마저 들 지경이었다.

만약 이것이 잘난 척하기 위한 위선이라 해도 너무나 대단해 박수를 치고 싶은 마음이었다.

그때, 문밖에서 위충의 목소리가 안으로 파고들었다.

"분타주님, 검봉께서 오셨습니다."

천류영이 당황하며 자리에서 일어났다.

"설이가요?"

천류영은 고개를 갸웃거렸다.

그녀가 완쾌한 것은 아니지만, 거동에 불편함은 없었다. 하지만 그녀가 자신이 일을 할 때 이렇게 끼어든 적은 한 번도 없었다.

천류영이 손님과의 만남을 마치고 보자는 말을 하려는데, 문이 열려 버렸다. 위충이 묘한 미소로 말했다.

"방해하려는 것이 아니라 야식 때문입니다. 검봉께서 이것만 전해 주고 가시겠다고."

천류영은 더욱 당황했다. 야식에 관해서는 곁에서 호위를 하는 세 사람, 풍운과 위충, 그리고 영능후만 알고 있었다.

그리고 이젠 독고설도…….

위충이 눈을 찡긋하며 전음을 보냈다.

[그러니까 이런 야식은 그만 드시라고 하지 않았습니까? 검봉에게 잔소리 좀 들으십시오.]

천류영은 한숨을 삼키고 말했다.

"아무리 그래도 지금은 외부 손님과 만나는 중인데……."

독고설이 안으로 들어서며 입을 열었다.

"야식만 전해 주고 나갈 테니, 걱정하지 마세요."

그녀의 등장에 수란이 일어서 목례를 했다.

"풍운 소협을 못 만나 서운했는데, 그 못지않게 유명한 청화를 대신 보게 되는군요. 과연……."

수란은 말을 하다가 독고설을 정면으로 보고는 자신도 모르게 숨을 들이켰다. 자신도 나름 한 미모 하는 여인이고, 하오문은 원래 수많은 미녀들을 거느리고 있었다. 그러나 이렇게 청초하고 아름다운 여인은 처음이었다.

미모 때문에 말문조차 막혀 버렸다. 어쩌면 그녀 자신이 수많은 미녀들을 거느리고 있기에 더욱 충격이 컸을지도.

그녀는 천류영을 흘끗 보고 자신도 모르게 고개를 끄덕였다. 이렇게 엄청난 미녀가 곁에 있으니 자신의 미인계가 씨알도 안 먹힌 거겠지.

어쩌면 분해할 수도 있는 일이지만, 독고설이 주는 압도적인 아름다움에 그런 생각마저 일지 않았다.

수란은 독고설이 자신을 향해 인사하는 것을 멍하니 보았다. 그리고 그녀가 야식으로 들고 온 것을 천류영의 책상에 올려놓을 때에야 번쩍 정신이 들었다.

'아! 이런 무례라니!'

분명 독고설은 제 소개를 했을 터인데 자신은 아무 생

각 없이 서 있던 것이다.

"미, 미안해요. 저는 수란이라고 합니다. 하오문의 문주예요."

그에 천류영과 독고설의 눈이 동그래졌다.

천류영은 수란이 자신의 신분을 숨기지 않고 밝힌 점에 당황했고, 독고설은 천류영이 사파의 인물인 하오문주와 독대하고 있었단 사실에 놀랐다.

그리고 수란도 머리를 떨어트리며 자책했다.

하오문주란 사실을 이렇게 말해 버리다니. 자신이 저지른 어처구니없는 실수가 믿기지 않았다.

독고설의 미모가 대단하긴 하지만, 이런 실수를 하다니!

'아! 그렇구나. 무림서생의 말에 충격을 받아 정신이 없던 와중에 청화의 미모까지 더해져서……'

수란은 자신도 모르게 자리에 털썩 주저앉았다.

최악이었다.

독고설이 그런 수란을 보다가 천류영에게 시선을 옮겼다. 천류영이 곤혹스러운 얼굴로 입을 열었다.

"그러니까 내가 하오문주를 만난 것은 비밀로 해주었으면……."

독고설이 빙긋 미소 짓고 천류영의 말을 끊었다.

"제가 분타주님께 늘 하는 말이 있죠?"

"응?"

"하고 싶은 것을 하세요."

천류영은 괜히 민망해져서 귀밑머리를 긁다가 책상에 놓인 야식을 보고 말했다.

"흠흠, 그리고 그 야식은……."

역시 이번에도 독고설이 말꼬리를 삼켰다.

"어떤 일도 저에게 미안해하지 말아요."

"……."

"그럼 제가 더 미안해지거든요. 저만 아녔어도 분타주 님이 이렇게 힘들게 살지는 않았을 테니까."

천류영은 의아한 얼굴로 독고설을 보았다. 잘못 본 것일까? 왠지 모르게 그녀의 얼굴이 슬퍼 보였다.

"무슨 말을 하는 건지 잘 모르겠는데?"

"신경 쓰지 않아도 돼요. 그냥…… 얼굴 한 번 보고 싶어서 온 거예요. 방해하고 싶지는 않지만, 참을 수 없을 정도로 당신이 보고 싶어져서요."

그녀의 화끈한 고백에 지켜보던 수란이 혀를 내둘렀다. 자신도 모르게 입 밖으로 '와!'라는 감탄사가 튀어나올 뻔했다.

편월이라고도 불리는, 까칠함이 하늘에 닿는다는 그 여인이 맞는가.

수란은 자신도 모르게 고개를 절레절레 저었다.

역시 소문이란…….

독고설은 그렇게 조용히 사라졌다.

수란이 천류영을 빤히 보다가 물었다.

"대체 무엇으로 청화의 마음을 사로잡았나요? 저런 천하절색이 분타주를 보는 눈빛이 얼마나 애틋하던지. 달콤한 중저음의 목소리? 아니면 사천과 이곳에서 보여준 뛰어난 책사로서의 능력?"

천류영이 어깨를 으쓱하고 반문했다.

"잘생긴 얼굴?"

그의 터무니없는 대꾸에 수란이 배를 잡고 깔깔 웃음을 터트렸다.

4

천류영의 말이 꽤나 재미있었는지 수란은 한참을 웃다가 멈추고는 고개를 절레절레 저었다.

"분타주가 농담을 이렇게 잘하는 줄 몰랐네요. 덕분에 한바탕 잘 웃었어요. 아, 이렇게 웃은 게 얼마 만인지."

천류영은 입술을 잘근잘근 깨물고 있다가 묘한 한숨을 내쉬며 대꾸했다.

"그래도 잘 뜯어보면 나름 괜찮은 얼굴입니다."

수란은 다시 웃음이 터져 나오려는 것을 꾹 참고는 손사래를 쳤다.

"그만해요. 누가 뭐래요?"

"……."

"인정해요. 나쁘지 않아요. 다만, 상대가 청화잖아요. 청화 독고설. 그녀와 같은 미모를 가리켜 경국지색(傾國之色)이라고 하는 거라고요. 말 그대로 나라를 위태롭게 만들 정도의 아름다움이죠."

그녀의 말에 천류영은 천천히 고개를 끄덕이다가 피식 웃었다.

"그렇군요. 저 역시 얼마 전까지 감히 어떻게라는 생각이 가득했는데……."

"누가 먼저 고백한 건가요?"

느닷없는 질문에 천류영이 당황하다가 정색했다.

"대화가 어째 엉뚱한 곳으로 흐르는 것 같습니다?"

"훗, 평소의 재미없는 모습으로 돌아온 건가요, 아니면 사내로서 고백을 먼저 하지 못한 자격지심 때문일까요?"

천류영은 속이 뜨끔해 미간을 찌푸렸다가 대꾸했다.

"그게 아니라, 시간이 없어서요. 누님을 만난 다음에도 일정이 두 개 더 있습니다."

수란은 기가 막히다는 표정을 지었다.

"이 야심한 밤에요? 지금 삼경이 다 된 것 같은데……."

"제가 요즘 바쁜 건 누님도 잘 아시지 않습니까?"

"그래도…… 알았어요."

수란은 배교, 그리고 마교와 흑천련의 움직임에 관해 얘기를 했고, 천랑대와 흑랑대가 북해빙궁에 들어갔다는 것까지 말하고 나서는 기지개를 켰다.

천류영이 입을 열었다.

"다행이군요. 북해빙궁이 그들을 받아주어서. 천마검 형님이 안도했겠습니다."

수란은 묘한 눈빛으로 천류영의 표정을 살피며 물었다.

"이럴 때면 분타주가 정파인인지 마도인인지 헷갈린단 말이죠. 소림사가 불탔는데 정파 걱정보다 쫓겨 다니는 마교도 걱정을 하다니……."

천류영은 쓴웃음을 깨물고 고개를 끄덕였다.

"그도 그렇군요."

"뭐, 어쨌든 분타주가 흑도니 백도니 따지지 않는 것이 좋기는 해요. 그래서 나와도 이렇게 대면하고 있는 거니까. 하지만 배교의 저력이 만만치 않아 보이는데, 걱정이 들진 않나요?"

"얼마 전에 빙봉으로부터 전서구를 받았습니다."

"무림맹 우군사 말이죠?"

"예. 그녀가 소림사에 있었더군요."

"훗, 그녀의 명성도 별거 아니군요. 소문으로는 야월화에 필적하는 천재라고……."

천류영이 식은 찻잔을 들어 올리며 수란의 말을 끊었다.

"비록 소림사에서 패배했지만, 그녀의 잘못이 아니었습니다. 개방 방주와 고인이 되신 소림 방장께서 그녀의 경고를 심각하게 받아들이지 않은 탓이 컸지요."

수란은 고개를 끄덕이며 피식 웃었다.

"하긴, 내가 소림 방장이나 거지 왕이라고 해도 믿기 어려운 일이긴 하죠. 갑자기 배교가 존재하고 있고, 그 악마들이 소림사를 노리고 있다고 한다면 말이에요."

"예. 어쨌든 빙봉은 이미 철강시의 약점을 파악했더군요."

수란의 눈에 이채가 스쳤다.

"호오, 그래요?"

"우려되는 점이 없는 건 아니지만, 그녀라면 잘해낼 거라고 생각합니다. 진짜 걱정은…… 과연 지금 드러난 배교의 전력이 그들이 가진 힘의 어느 정도냐는 점이죠."

수란이 고개를 갸웃거리며 물었다.

"소림사를 불태웠어요. 그 정도면 배교가 가진 전력의 상당 부분이 나온 것 아닐까요?"

"마교주의 입장에서는 흡족하겠지요. 그러니 배교는 이번 출도로 할 만큼 한 겁니다."

"분타주는 지금 세상에 드러난 배교의 힘이 빙산의 일각에 불과하다고 생각하는 건가요?"

그녀의 물음에 천류영은 잠시 동안 침묵했다. 그러다

들고 있던 찻잔을 다탁에 내려놓고 말했다.

"이럴 때는 최악의 상황에 대비하는 게 좋습니다. 하지만……."

"하지만?"

"그걸 굳이 입 밖에 낼 필요는 없습니다. 마교와 흑천련이 중원으로 들어오고 있는 이때, 굳이 사기를 떨어트릴 필요는 없으니까요."

"흐음, 그렇군요."

수란은 한 손으로 자신의 매끈한 턱을 쓰다듬다가 물었다.

"빙봉이나 야월화도 당신과 같은 생각일까요?"

"물론. 그녀들도 분명 그럴 겁니다."

"그렇군요. 그런데 말이죠, 분타주의 말대로라면……마교주도 배교의 전력에 의심을 품지 않을까요?"

천류영이 빙그레 웃었다.

"하겠지요. 하지만 방금 말했듯이 마교주 입장에서는 상관없습니다. 중원의 내부를 흔들고 있는 배교는 그것만으로도 충분한 역할을 하고 있는 거니까. 그리고 마교주도 비장의 한 수는 숨겨두고 있을 겁니다."

수란은 양손으로 관자놀이를 비비며 대꾸했다.

"머리가 아프네요. 이번 전쟁은 예전의 정사대전이나 정마대전과는 달리 수 싸움이 장난 아니에요."

천류영이 동의하며 말을 받았다.

"그렇죠."

"그럼 분타주는 최후의 승자가 누가 될 거라고 생각해요? 과연 누가 패왕의 별이 될까요?"

"아무도 모르죠. 그걸 안다면 신(神)일 테니까요. 정파, 마교, 배교, 사오주……. 다 만만치가 않아요. 그리고 흑천련이 어느 정도의 전력을 가졌는지도 잘 모르겠고, 또한 나중에 어떤 다른 세력이나 호걸이 등장해 어부지리를 취할 수도 있죠. 그도 아니라면 이미 드러나 있는 세력의 이인자나 삼인자가 부상할 수도 있고 말이죠."

수란이 실망스러운 기색으로 입맛을 다셨다.

"그래도 분타주라면 나름 명쾌한 답을 해줄 줄 알았는데."

"한 가지는 확실합니다."

"……?"

"이 모든 세력 간의 싸움에 가장 커다란 변화를 일으키고 제일 큰 지각변동을 가져올 수 있는……."

수란이 눈을 빛내며 천류영의 말을 끊었다.

"분타주 당신이라는 건가요?"

"설마요."

수란의 눈빛이 침잠했다.

"천마검이군요."

"예, 그렇습니다."

"……."

"천마검 형님이 어떻게 움직이느냐에 따라서 이 전쟁의
끝에 살아남을 세력과 패왕의 별이 누구인지 어느 정도
짐작할 수 있게 될 겁니다."

"천마검의 행보에 따라서라……."

수란은 천마검을 떠올리며 고개를 끄덕이다가 말을 이
었다.

"나는 요즘 이런 생각을 해요. 패왕의 별이 한 명이 아
니라 여러 명일 수도 있겠다는. 제가 본 사람인 천마검이
나 당신도 그렇고, 무상 손거문도 만만치 않아요. 요즘은
풍운 소협도 굉장히 뜨고 있죠. 거기에다가 아직 진면목
이 세상에 드러나지 않은 사람들도 있을 테고요. 그리고
나중에 합종연횡이 될 가능성이나……."

천류영이 단호한 표정으로 고개를 저으며 그녀의 말허
리를 끊었다.

"패왕의 별은 최후에 서 있는 한 명입니다."

수란이 당황하며 물었다.

"어떻게 그리 확신하죠?"

"패왕의 별은 전설이니까요."

"……?"

"이런 전설은 종교와 같습니다. 사람들은 최후의 승자
가 남을 때까지 결코 어느 누구도 패왕의 별이라고 인정

하지 않을 겁니다."

"으음, 일리가 있네요."

수란은 동의의 낯빛으로 고개를 끄덕이다가 일어섰다.

"유익한 시간이었어요. 더 많은 대화를 나누고 싶지만, 분타주의 남은 일정을 생각해서 이쯤에서 일어나는 게 맞겠죠? 어쨌든 가끔 분타주와 이런 시간을 가지면 좋겠네요. 뭐랄까, 분타주와 대화를 나누다 보면 개안하는 느낌이 들거든요."

천류영이 따라 일어서서는 검좌대가 있는 곳으로 걸어갔다. 그는 그곳에서 하나의 검을 들고 와서는 수란에게 내밀었다.

"마지막 용무가 남았습니다."

수란은 의아한 표정으로 천류영과 검을 번갈아 보았다.

"마지막 용무가 선물 증정인가요?"

천류영이 소리 없이 웃고는 대꾸했다.

"겐죠가 가지고 있던 세 자루의 검 중 마지막까지 뽑지 않은 칼입니다."

수란의 눈에서 묘한 흥분이 일렁였다.

"겐죠가 가지고 있던 칼이라……. 보통 칼은 아니겠군요."

"예. 소문으로 듣기론 하오문주인 누님이 병장기에 관해선 최고의 전문가라고."

수란이 검을 건네받으며 대꾸했다.

"수집가이기도 하죠."

평범하다 못해 투박해 보이는 검집.

그녀가 검파를 잡고 살짝 검을 뽑았다.

스릉.

맑은 철음이 꽤나 싱그럽게 들렸다. 그녀는 검의 중간까지만 뽑고는 뚫어지게 검신을 보았다.

천류영이 담담한 시선으로 보다가 말했다.

"시간이 날 때마다 살펴보긴 했는데, 묘한 기운과 함께 칼 속에 담긴 이상한 힘이 걸려서요."

"칼 속에 이상한 힘이 담겼다고요?"

"아! 그게 그냥…… 제 느낌입니다."

칼을 보는 수란의 눈동자가 흔들렸다.

"다른 사람들도 살펴보지 않았나요?"

"예, 그랬지요. 다른 사람들은 그냥 평범한 칼 같다고 그러는데, 풍운은 저와 비슷한 느낌을 받았어요."

"호오, 풍운 소협도 분타주와 같은 느낌을 받았다고요?"

천류영이 고개를 끄덕이며 답했다.

"미증유의 힘이 칼 안에 있는 느낌인데, 풍운은 이런 검은 혈검처럼 자칫 주인을 상하게 만든다고 멀리하라 그러더군요. 그런데 저는 이상하게 자꾸 이 칼이 끌려서요. 그래서 누님께 자문을 받고 싶어서……."

수란이 들뜬 음성으로 말을 받았다.

"정확하게 봤네요. 이건……."

천류영이 반색하며 물었다.

"혹시 아시는 검입니까?"

찰나, 검파를 쥔 수란의 손에 힘이 들어갔다. 그녀의 심장이 거칠게 박동했다. 이 심장 소리가 천류영에게 들릴까 봐 두려운 마음마저 일었다. 그러나 그녀는 담담한 표정으로 천류영을 마주 보았다.

"아뇨. 그러니까 내 말은…… 뭔가 사연이 있는 검 같다는 뜻이에요. 음, 내가 이 칼을 가지고 가서 좀 더 살펴 봐도 될까요?"

천류영이 미소로 답했다.

"그러면 저야 고맙죠."

수란은 검을 칼집에 다시 넣고는 물었다.

"만약 내가 이런저런 실험을 하다가 검이 잘못되기라도 한다면?"

천류영이 찰나 멈칫했다가 이내 어깨를 으쓱했다.

"어쩔 수 없는 일이죠."

"아주 대단한 보검일 수도 있는데……."

"아무리 대단한 보검이라 해도 좋은 사람과의 인연보다는 못합니다."

"……."

"설마 검이 잘못된다고 제가 누님을 타박할까 겁내시는 겁니까?"

수란은 천류영을 뚫어지게 보다가 고개를 절레절레 저었다.

"분타주는…… 확실히 무림인이 아니네요. 이 검이 대단한 보검일 수도 있는데 이렇게 쉽게 남에게 내주다니."

천류영이 수란을 마주 보며 빙그레 웃었다.

"우리가 남이었습니까?"

"……."

"혹시 이 칼을 가지고 싶으신 거예요?"

수란이 당황하며 말을 더듬었다.

"아, 아니, 그러니까 나는…… 만약 이 칼이 대단한 보검이라면 나도 무림인이니 욕심이 날 수도 있고, 그러면 분타주한테 거짓말로 실험을 하다가 검을 깨트렸다고……."

천류영이 그녀의 말을 끊고 부드럽게 말했다.

"그런 마음이 든다면 솔직하게 말해주세요. 가지고 싶다고."

"……."

"그럼 됩니다. 칼 때문에 누님과의 인연을 상하고 싶지 않아요. 그냥 가지세요."

수란은 입술을 꽉 깨물었다. 그러고는 칼을 쥐고 있는

손에도 힘을 주었다.

천류영이 책상으로 이동하며 가볍게 손을 흔들었다.

"제가 일이 밀려서 배웅은 못 나가요. 다음에 뵙죠."

수란은 고개를 숙인 채 칼을 보고 있다가 피식 웃고는 천류영을 보았다.

"그래요. 그땐 이 칼을 돌려주면서 재미있는 걸 알려줄 게요. 당신이 아주 깜짝 놀랄 만한 것을. 지금 말하고 싶지만, 확인하고 싶은 것들이 있거든요."

"가지셔도 돼요."

수란이 고개를 저으며 환한 낯빛을 했다.

"칼 때문에 동생과의 인연을 상하고 싶지는 않아요."

그녀는 천류영에게 받은 말을 그대로 돌려주었다.

"저는 괜찮은데."

"내가 괜찮지 않아서 그래요."

천류영이 어깨를 으쓱하며 미소만 짓자 수란이 웃는 얼굴로 말했다.

"왜 청화가 당신에게 푹 빠졌는지, 조금은 알 것 같네요. 달콤한 목소리와 뛰어난 지략 때문이 아니었어요."

"역시 얼굴?"

수란이 또다시 폭소를 터트렸다.

\*　　　\*　　　\*

거대한 막사 안에서 연회가 펼쳐졌다.

악공들은 악기를 연주했고 무희들은 춤을 췄다.

뇌악천이 술잔을 높이 들어 올리며 외쳤다.

"자아, 내일 아침 떠날 우리 섬마검 선봉장을 위해서 건배!"

그의 선창에 마교와 흑천련의 장수들이 술잔을 들어 올렸다.

뇌악천은 자신의 옆에 앉아 있는 관태랑의 등을 두드리며 말했다.

"섬마검, 내가 너를 위해 이렇게 분위기를 띄워주는데, 너도 뭐라고 한마디 해야지?"

관태랑은 자리에서 일어나 자신을 바라보는 장수들을 초점 없는 눈동자로 보며 말했다.

"최선을 다하겠습니다."

뇌악천이 눈살을 찌푸리며 입을 열었다.

"최선은 누구나 다 하지. 내가 원하는 건 결과야. 초지명과 귀혼창의 수급, 그리고 설강 빙궁주의 항복 문서."

"예. 그것을 위해 최선을 다하겠습니다."

뇌악천의 손에 있던 술잔이 날았다.

퍼억!

관태랑의 이마가 찢어져 붉은 핏방울이 콧날을 타고 흘

렀다. 악공의 연주와 무희의 춤이 멈췄다. 마교와 흑천련의 장수들도 심드렁한 표정으로 입을 다물었다.

"섬마겸! 그것이 아니라 내가 한 말을 따라 하라고!"

"초지명과 귀혼창의 수급, 그리고 설강 빙궁주의 항복 문서를 받아 오겠습니다."

"그렇지. 너는 대체 왜 그렇게 상관의 마음을 한 번에 읽지 못하나?"

"죄송합니다."

"너는 정말이지……."

그때, 막사의 문밖에서 경계 무사가 외치는 소리가 안으로 들려왔다.

"철가면이 왔습니다."

그의 말이 끝나고 한 사내가 막사 안으로 들어섰다.

얇은 철로 만들어진 가면을 쓰고 있는 사내는 가볍게 내부를 훑고는 뇌악천 앞으로 걸어와 부복했다.

뇌악천이 그를 주시하며 입을 열었다.

"일은?"

철가면이 고개를 들어 대답했다.

"북해빙궁은 산하 문파들로부터 어떤 지원도 받지 못할 겁니다. 또한 우리 선발대에 합류해 함께 북해빙궁을 칠 것입니다."

뇌악천이 손뼉을 쳤다.

짝, 짝, 짝, 짝, 짝!

그러자 막사의 장수들도 따라 손뼉을 쳤다. 뇌악천이 대소했다.

"하하하! 과연 철가면이다. 네 충성심이 내 마음을 흡족하게 하는구나. 섬마검이 너의 반의반만이라도 해주면 얼마나 좋을까?"

그는 앞에 놓인 여러 술잔 중 하나를 들어 앞으로 내밀며 말을 이었다.

"고생했다. 이리 와 내 술을 받으라."

철가면이 무릎걸음으로 다가가 고개를 숙이고 두 손을 내밀어 술잔을 받았다.

뇌악천이 술병을 들어 술을 따르려다가 이맛살을 찌푸렸다.

"이봐, 나에게 술을 받을 때까지 가면을 쓸 참인가?"

"죄송합니다."

"벗어라."

"예."

그가 철가면을 벗었다. 그러자 서른 후반의 얼굴이 드러났다. 그는 천랑대 사조장, 마령검이었다.

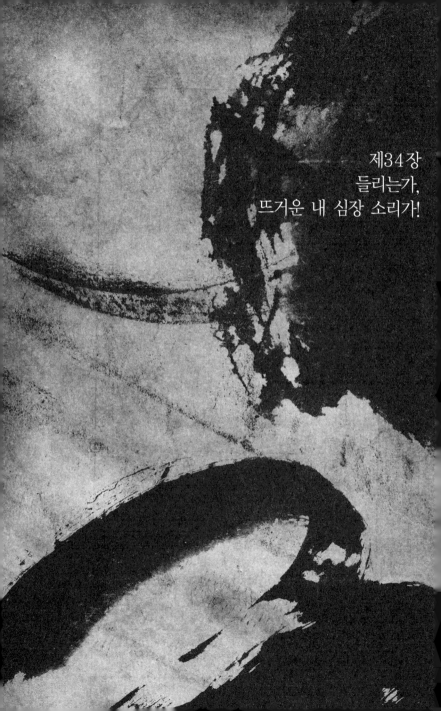

제34장
들리는가,
뜨거운 내 심장 소리가!

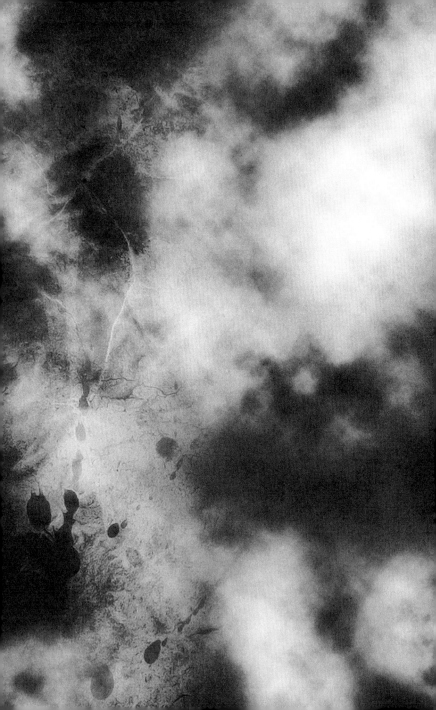

# 1

술을 단숨에 비운 마령검에게 뇌악천이 물었다.

"수라마녀는 잘 지내고 있나?"

찰나, 마령검의 잔을 쥔 손에 힘이 들어갔다. 자칫했으면 술잔이 깨질 뻔했다. 마령검이 침묵하자 뇌악천이 웃음을 터트렸다.

"하하하, 이런…… 실수했군. 이젠 수라마녀가 아니라 이름을 불러야 하는데도 입에 붙어서 자꾸 깜빡한단 말이지. 아미(亞美). 그래, 자네의 아내인 아미는 잘 있나?"

마령검이 고개를 숙이며 답했다.

"소교주께서 염려해 주신 덕분에 잘 지내고 있습니다."

뇌악천이 자리에 앉고는 앞에 놓인 잔 하나에 술을 따랐다.

"내 말은 말이지, 혹시 그녀가 기억이 돌아오지 않았냐는 거야. 그런 조짐이 보이면 아무리 자네라도 조심해야 될 테니까. 아미가 기억을 찾아 수라마녀로 돌아오는 순간, 자네를 죽이려고 달려들지도 모르잖나? 자신도 모르는 사이에 네 아내가 되어 있는 것에 분노해서 말이지."

"……."

"나는 내 충성스러운 수하가 침상에서 허무하게 죽는 꼴은 보고 싶지 않아. 무인이라면 의당 전장에서 죽어야 하지 않겠나? 나를 위해서 말이지."

"걱정해 주셔서 감사합니다. 늘 아미의 상태를 주시하고 있으니 염려하지 않으셔도 됩니다."

뇌악천은 술잔을 들어 마시고는 고개를 끄덕였다.

"그래, 조심하라고."

그는 다시 자작하려다가 아직까지 멀뚱하게 서 있는 관태랑을 보고는 혀를 찼다.

"쯧쯧, 섬마검."

"예."

"앉아. 이 자리는 자네를 위한 자리야."

관태랑이 앉자 뇌악천이 피를 닦으라고 천을 건네며 물었다.

"마령검을 보면 어떤 생각이 드나? 날 위해 충성을 바치니 내가 얼마나 잘해주는지 알 텐데. 몰래 짝사랑하던 여인도 주고, 원하는 금은보화도 주잖아."

관태랑은 고개를 돌려 잠깐 마령검을 보았다가 답했다.

"마령검은…… 훌륭한 장수입니다."

뇌악천의 미간에 금이 갔다.

"하여간 네놈의 동문서답은 이제 신물이 나는군. 지금 내가 묻는 뜻을 몰라? 나에게 제대로 충성을 바치라는 말이잖아."

"열심히 하겠습니다."

뇌악천은 지친다는 표정으로 고개를 앞으로 돌려 마령검을 보았다.

"마령검."

"예, 소교주."

"너는 옛 상관인 섬마검을 보면 어떤 생각이 드나?"

촌각의 주저 없이 그가 대답했다.

"어리석음의 표본을 보는 것 같습니다."

뇌악천의 입가에 미소가 번졌다.

"흐흐흐, 역시 마령검은 내가 듣고 싶은 말을 잘한단 말이지. 좋아, 왜 섬마검이 어리석지?"

"이미 죽은 자를 그리워하면서 현실을 부인하고 있기 때문입니다."

"크하하하! 촌철살인(寸鐵殺人)이로다! 한마디로 핵심을 찌르는구나."

그는 악공과 무희를 향해 명을 내렸다.

"뭐하는 게냐? 다시 음악을 연주하고 춤을 춰라. 나의 마령검이 임무를 완수하고 왔으니, 이를 축하해야 하지 않겠나?"

잠시 식었던 막사 안이 다시 후끈 달아올랐다.

*         *         *

마령검은 수십 잔의 술을 마시고 난 후에야 막사를 나왔다. 그는 막사들을 따라 한참 걷다가 한 인영이 아름드리나무 옆에서 하늘을 보고 있는 모습에 멈춰 섰다.

마령검이 인상을 쓰며 말했다.

"또 패왕의 별을 보고 계시는 겁니까?"

관태랑이 고개를 돌려 그를 보고는 어깨를 으쓱하며 대꾸했다.

"습관이니까."

마령검은 관태랑에게 다가가 앞에 서고는 소리가 새어 나가지 않게 기막을 둘러친 후, 윽박질렀다.

"이제 제발 그만 좀 하십시오. 그분은 죽었습니다."

"……"

"눈을 뜨고 현실을 보세요. 그리고 받아들이세요."

관태랑은 말없이 미소만 지었다. 마령검은 어금니를 꽉 깨물었다가 말했다.

"소교주를 받아들이세요. 그럼 소교주는 부관님을 귀하게 쓸 겁니다."

"고맙군, 아직 나를 부관님이라 불러줘서."

마령검이 답답하다는 듯이 제 가슴을 몇 차례 주먹으로 쳤다.

"깜냥도 안 되는 것들이 소교주를 등에 업고 핍박하고 있는 현실이 그리 좋으십니까?"

"⋯⋯."

"부관님이 마음만 먹으면 소교주는 부관님을 오른팔로 중용할 겁니다. 그런 후에 복수하세요. 당신을 모욕하는 녀석들에게."

"소교주의 오른팔이라⋯⋯."

"그거 아십니까? 지금 소교주의 측근들은 당신을 두려워하고 있어요. 당신이 마음을 고쳐먹고 소교주에게 충성을 바칠까 봐. 그럼⋯⋯ 상황이 역전될 수도 있다는 것을 아는 거죠."

"⋯⋯."

"부관님! 말단 졸병들조차 당신을 업신여기는 이 상황이 억울하지도 않습니까? 잡졸들 따위가 감히 섬마검을!

대체 왜 죽은 사람을 위해 이런 수모를 자처하시는 겁니까?"

관태랑이 울분을 토해내는 마령검을 보다가 그의 어깨를 가볍게 두드렸다.

"나는 괜찮아."

"제가 괜찮지 않습니다."

"……."

"소교주가 언제까지 부관님을 기다려 줄 거라고 생각하십니까? 그의 인내심도 바닥나고 있습니다. 소교주는 부관님을……."

마령검은 뒷말을 삼켰다. 뇌악천이 그를 죽이려 작정했던 일과 그것을 만류하느라 자신은 더 철저하게 뇌악천의 비위를 맞추려 애쓰고 있다는 사실을.

관태랑은 씁쓸한 표정으로 고개를 들어 하늘을 보았다. 그러자 마령검이 두 손으로 그의 양 뺨을 잡아 내렸다.

"하늘을 보지 말고 땅을 보세요. 하늘의 별을 쫓다가 땅 위의 황금을 놓치지 마세요."

"……."

"부관님께서 이렇게 버티면 소교주는 결국 우리 수하들을 모두 죽일 겁니다. 산 사람은 살아야지요. 우리 천랑대 새끼들…… 죽게 놔둘 수는 없잖습니까? 그 녀석들 살리기 위해서라면 저는 소교주 앞에서 발가벗고 춤이라도 출 겁니다. 그런데 부관님께서는 알량한 자존심으로……."

관태랑은 천천히 한숨을 뱉고는 다시 마령검의 어깨를 두드렸다.

"자네에겐 늘 고맙게 생각하고 있어."

"……."

"자네가 아니었다면 수라마녀는 소교주에게 농락당했겠지."

마령검의 검미가 꿈틀거렸다.

"그 때문만은 아닙니다. 저는 정말로 그녀를 사랑하고 있습니다."

"그래, 그래서 더 다행이라고 생각해. 그녀를 향한 자네 마음이 진심이니까. 그리고……."

관태랑은 잠시 말을 잇지 못하다가 말했다.

"내가 죽으면 우리 새끼들…… 자네가 지켜줘. 자네가 청하면 소교주는 부탁을 외면하지 않을 거야."

"부관님께서 하시면 되잖습니까. 죽은 그분은 저도 존경하고 사랑했습니다. 하지만 죽었어요, 죽었다고요."

관태랑이 슬픈 눈으로 웃었다.

"미안. 나는 자네처럼 안 돼. 이게 내 한계야."

"한계가 아니라 잘난 척하는 거잖습니까?"

"그렇게 보였나?"

그의 물음에 마령검은 대꾸하지 못했다. 잘난 척하는

것이 아님을 알기에.

"부관님, 나는 말입니다, 설사 그분이 살아 돌아와도 돌아가지 않을 겁니다. 아니, 그분을 내 손으로 죽일 겁니다."

"자네는 그러지 못해."

마령검이 원독에 차서 으르렁거렸다.

"아뇨, 할 겁니다. 그분을 믿고 따르던 사람들이 얼마나 지독하게 고통 받았는지, 어떻게 죽어갔는지 말해주며 죽일 겁니다."

손까지 부르르 떨며 말하는 마령검의 눈에 이슬이 찼다. 그걸 보며 관태랑이 미소 지었다.

"그분을 만나면 하소연하고 싶은 건가?"

"그게 아니라…… 나는…… 나는……."

마령검의 눈물이 뺨을 타고 흘러내렸다. 그는 고개를 푹 숙이고 어깨를 들썩이다가 소매로 눈물을 훔쳤다. 그러다 고개를 들어 어느새 차가워진 얼굴로 말했다.

"저는 이제 돌아가지 못해요. 아시잖습니까? 마창 송화운을 제 손으로 생포하고 그 수하들을 죽였어요. 나는 아미와 천랑대를 지키기 위해서라면 뭐든지 다 할 겁니다. 죽어 지옥에 가도 상관없어요."

"……."

"내 탓이 아니에요. 죽은 그분 탓이지."

"그래, 아무도 자네를 탓하지 않아."

"······."

"부끄러워하지 않아도 돼. 나에겐 내 선택이 있는 거고, 자네에겐 자네의 선택이 있는 거니까. 그러니까 이젠 철가면을 벗어도 돼."

"······!"

"그리고 그분이 살아 계시고, 그래서 다시 만날 수 있다면······ 그분은 자네에게 이렇게 말해줄 거야. 미안하다고. 자네가 철가면을 쓰게 만들어 미안하다고."

차가워졌던 마령검의 얼굴에 다시 눈물길이 생겼다.

"그거 아십니까?"

"뭐 말인가?"

"제가 천랑대에 들어간 건 부관님 때문이었습니다."

관태랑이 피식 웃고는 물었다.

"그랬나?"

"제발······ 이제는 마음을 돌이키십시오. 당신이 허무하게 죽는 것은 보고 싶지 않습니다."

관태랑은 대꾸하지 않고 다시 하늘을 보았다. 그리고 마령검 역시 자신도 모르게 관태랑을 쫓아 패왕의 별을 보았다.

*    *    *

한적한 포구에 배가 닻을 내리자 방갓을 쓴 사내가 땅에 발을 디뎠다.

그는 북방의 서늘한 공기를 천천히 들이마시다가 몸을 돌렸다.

배에 있는 폭혈도와 하유, 그리고 추혼밀과 그들의 수하들이 사내를 향해 허리를 꺾었다.

"다시 뵙겠습니다!"

폭혈도가 우렁찬 목소리로 외쳤다. 하유가 바로 따라 외쳤다.

"몸조심하세요!"

추혼밀은 이미 늦었다고 생각하고 있기에 아무 말도 하지 않았다.

백운회는 딱딱한 미소로 손을 흔들고는 돌아섰다.

전면을 바라보는 그의 입술이 떨어지며 나직하지만 결연한, 동시에 간절한 음성이 흘러나왔다.

"들리는가, 뜨거운 내 심장 소리가! 이 심장이 터져 너덜거릴 때까지 달려갈 테니, 부디 그때까지 버텨주길. 수천의 적이 막으면 그들의 피로 길을 밝힐 것이고, 수만의 적이 막아서면 그들의 시신으로 강을 건널 테니, 부디 그때까지만 살아남아 주길."

그가 가볍게 땅을 쳤다.

순간, 포구에 있던 몇 명의 어부들이 자신의 눈을 의심했다. 분명 시야에 있던 방갓사내가 갑자기 사라져 버린 것이다. 그들은 귀신에 홀렸다고 생각하고는 눈을 껌뻑거리며 진저리를 쳤다.

하지만 그들보다 더 놀란 사람이 있었다.

추혼밀.

그는 자신도 모르게 신음을 흘리며 중얼거렸다.

"저, 저렇게 빠를 수가 있는 건가?"

폭혈도가 한바탕 크게 웃고는 말했다.

"자, 우리도 어서 식량과 물을 싣고 움직이자고."

하오문의 사내와 화선부 여인들이 기운차게 대답하며 움직였다. 그 모습에 추혼밀이 쓴웃음을 깨물었다.

"천마검께서 안 계시니 활기가 도는군요."

하유가 한숨을 삼키며 어깨를 으쓱거렸다.

"지옥 수련이 끝났으니까요. 솔직히 그동안 천마검이 너무 무서웠어요."

폭혈도가 두 사람의 등을 짝, 하니 때렸다.

"크하하하! 그래도 배 타기 전보다 강해졌잖소."

추혼밀이 고개를 절레절레 저었다.

"그건 그렇지만…… 다시는 이런 무식한 수련은 받지 않을 거요. 천만금을 준다고 해도 싫소."

하유가 찬동했다.

"동감이에요. 억만금을 줘도 싫어요."

폭혈도는 다시 한 번 크게 웃고는 말을 받았다.

"아직 당신들은 잘 모르겠지만, 머지않아 목숨을 건 전장에서 뼈저리게 알게 될 거요. 달포간의 생활이 당신들을 얼마나 바꿔놨는지."

하유가 의심스러운 눈빛으로 물었다.

"정말 그렇게 생각하세요?"

"오래전에 내가 직접 경험한 사실이니, 믿어도 좋소."

"정말 그랬으면 좋겠네요."

폭혈도가 의뭉스러운 미소로 대꾸했다.

"어서어서 서두릅시다. 그래야 오늘의 수련을 할 수 있을 테니."

분주하게 움직이던 사람들의 동작이 거짓말처럼 모두 한순간 멈췄다.

하유가 더듬거리며 물었다.

"그, 그게 무슨 말이죠?"

추혼밀이 덧붙였다.

"천마검께서 떠났는데 무슨 수련이란 말이오?"

폭혈도가 작은 눈을 빛냈다.

"인사하겠소. 천마검께서 임명하신 마무리 수련의 지옥교관, 폭혈도요."

"……"

"모든 일은 시작과 끝이 중요하오. 그런 점에서 마무리
는 아무리 강조해도 지나치지 않소."

"……."

"하루에 딱 열 번, 기절할 때까지 우리 모두 힘을 내봅
시다. 크하하하!"

활기차던 배 안이 다시 얼어붙었다.

*       *       *

북해빙궁의 대전.

분위기가 무겁게 가라앉아 있었다.

사천의 적이 아슈힐 산을 넘어 코앞까지 진군해 오고
있었다.

그런데 학수고대하고 있는 북해 주변의 방파들로부터
지원군이 하나도 오지 않고 있었다. 지원군은커녕 자신들
이 보낸 서신에 지금까지 답장조차 없었다.

설상아가 주먹을 부르르 떨며 입을 열었다.

"이럴 수는 없어요. 형제의 연을 맺은 그들이 어떻게!
배신하지 않고는 이럴 리가 없어요."

위기 때에도 유쾌함을 잃지 않는 설강마저 침통한 낯빛
으로 이를 악물었다.

화친을 주장하는 대표 인물인 막빙도(莫氷刀) 장로가

비장한 얼굴로 대전의 상석에 앉아 있는 설강을 향해 물었다.

"빙궁주, 이제 어떻게 할 것이오?"

설상아가 미간을 찌푸리며 반문했다.

"어떻게 하냐니요? 그건 무슨 뜻입니까?"

"싸울 것이냐고 묻는 거네, 소궁주."

"당연하지요. 그럼 이제 와 백기를 든단 말씀이세요?"

"지금 항복하는 것과 전투가 시작된 후 항복하는 것은 전혀 다른 차원의 문제네. 그들이 우리에게 요구하는 것이 몇 배에서 수십 배로 늘어날 거야."

설상아가 반박하려는 것을 설강이 제지했다.

"너는 잠시 빠지는 것이 좋겠다."

설상아는 답답했지만 입을 다물었다. 이런 자리에서 아버지의 체면을 깎아내릴 수는 없기에.

설강은 천천히 대전 안의 사람들을 훑었다. 그리고 그의 시선이 두 사내 앞에서 멈췄다.

초지명과 귀혼창.

설강이 그들을 향해 입을 열었다.

"자네들이 지금 내 입장이라면 어떤 선택을 하겠나?"

초지명과 귀혼창이 서로 마주 보았다. 초지명이 귀혼창을 향해 속삭이듯 말했다.

"내가 말하지."

귀혼창이 고개를 끄덕여 동의하자 초지명이 앞으로 나와 말했다.

"제 선택은 당연히 결전입니다."

막빙도 장로가 피식 웃으며 비아냥거렸다.

"당연한 말이겠지. 우리가 당신들을 넘겨주면 그대로 끝장이니까."

초지명은 막빙도를 흘낏 보다가 설강을 향해 말했다.

"빙궁주, 우리를 넘겨주고 항복하면 저들이 고맙다고 그냥 물러날 것 같습니까?"

"……."

"저들은 중원무림을 침공하는 데 북해빙궁을 최전선에 세울 겁니다. 당신들 대부분은 그렇게 소모품으로 전락하게 될 겁니다."

막빙도 장로가 받아쳤다.

"어차피 저들하고 싸우면……."

초지명이 그의 말허리를 끊었다.

"최소한 자존심은 지킬 수 있습니다."

"……!"

"결전을 하겠다고 빙궁주께서 선포한 상황입니다. 그런데 대군이 몰려오는 모습에 바로 백기투항하면 북해의 전사들은 무슨 생각을 하겠습니까? 여기 계신 수뇌부를 속으로 겁쟁이라 싸잡아 흉볼 겁니다."

"······."

"이곳에서 싸우다 패배해도 자존심을 꺾지 않는다면 후일을 기약할 수 있습니다. 그러나 겁에 질려 싸움조차 못하고 투항한다면 북해의 전사들은 결코 당신들을 인정하지 않을 겁니다. 영원히."

막빙도 장로의 양 뺨이 파르르 떨렸다. 그러나 그의 입술은 열리지 않았다.

설강이 피식 웃고는 입을 열었다.

"막 장로님, 흑랑대주의 의견이 일리가 있어 보이는데, 어떻습니까?"

막빙도는 한참을 침묵하다 말했다.

"그건 그렇소."

설강이 웃음을 터트렸다.

"하하하! 그럼 싸웁시다."

고민을 끝낸 막빙도가 고개를 끄덕였다.

"그럽시다."

"하하하, 애초에 버티는 작전이었잖습니까? 딱 한 달만 버텨봅시다. 그러면 똥줄 타는 건 저놈들일 테니."

설상아가 웃음을 참으며 초지명에게 말했다.

"여러분의 도움이 큰 힘이 될 겁니다."

체력을 상당 부분 회복한 천랑대와 흑랑대의 수련 모습을 본 북해빙궁 사람들은 많은 자극을 받고 있었다.

초지명이 청룡극을 어깨에 걸치고 말했다.

"내가 성 밖으로 나가겠소."

설강이 눈을 휘둥그레 뜨고 물었다.

"으잉? 우리 작전은 버티는 건데?"

"장수 간의 대결인 일기토를 요구해 적 기선을 제압하리라."

"으하하하하!"

설강의 웃음이 대전을 휘몰아쳤다.

## 2

우중충한 하늘.

서녘 하늘에 떠 있는 태양은 뿌옇게 보였고, 동쪽 하늘엔 하얀 달이 떴다.

끼이이잉!

북해빙궁의 거대한 정문이 굉음을 일으키며 활짝 열렸다.

따각따각.

초지명과 귀혼창이 흑마를 타고 성 밖으로 나왔다. 그 뒤를 따라 설상아와 북해빙궁의 장로들이 걸어 나왔다. 흑랑대 조장인 몽추와 파륵, 그리고 몇 명의 천랑대원들도 긴장한 얼굴로 모습을 드러냈다.

모두의 시선은 전면을 향했다.

만년설을 자랑하는 아슈힐 산이 저 멀리 아스라이 보였다. 그러나 사람들은 아슈힐 산보다 훨씬 앞에 있는, 오백여 장 거리의 구릉지대를 보고 있었다.

마치 개미 떼처럼 전진해 오는 사천여 명의 적.

무수한 깃발이 휘날리고, 기다란 대나무가 고슴도치의 가시처럼 전열의 사방에 솟아 있었다.

무림인들은 충차(衝車)와 같은 공성 병기를 사용할 수 없다. 나라가 그것을 허용하지 않기 때문이다.

또한 관(官)은 무림 단체가 궁수 부대(弓手部隊)를 운용하는 것도 불허했다.

관군보다 훨씬 더 뛰어난 무력을 가진 무림인들이 나라를 전복시키는 위험을 차단하기 위해 만든 불문율로서, 무림인들도 암묵적으로 합의한 것이다.

그런 이유로 무림인들이 성을 공략할 때 쓰이는 기구는 대개 세 가지였다.

사다리와 밧줄 달린 갈고리, 그리고 대나무.

이 셋 중 무림인들이 애용하는 것은 대나무다. 고수들이 기다란 대나무를 이용해 높이 뛰어 성벽 위에 안착한 후 성문을 여는 것이 핵심.

성벽 위에서 적을 바라보고 있던 설강이 한차례 휘파람을 불고는 입을 열었다.

"흑랑대주, 곧 해가 질 텐데, 저들이 일기토에 응할까? 내 생각엔 쪽수로 위협하고는 뒤로 물러나 진을 칠 것 같은데."

그의 의견에 많은 사람들이 고개를 끄덕여 동의했다.

험난한 아슈힐 산을 넘어 이곳까지 강행군했다. 공세 전에 휴식이 필요할 것이다. 그럼에도 지척까지 모습을 드러낸 이유는 오직 하나였다.

압도적인 전력 차이를 보여주어 북해빙궁의 무사들이 오늘 밤 불안함에 잠 못 들게 하기 위해서. 마음의 평정을 깨트리려는 노림수였다.

사실 적이 아슈힐 산을 넘어오느라 지쳐 있을 테니 선공을 하자는 의견도 북해빙궁의 수뇌부 회의에서 나왔었다. 그러나 대부분이 반대했다.

단단한 돌성 안에 있다는 것은 분명 큰 이점이다. 그런데 그 유리함을 버리고 초장에 기습했다가 실패라도 한다면 뒷감당을 하기 어렵기 때문이었다.

초지명이 뒤로 고개를 들어 대꾸했다.

"저들이 일기토에 응하지 않아도 상관없습니다. 그럼 적 수하들의 사기만 떨어질 테니까."

설강이 웃었다. 일부러 더 크고 우렁차게. 까맣게 몰려오는 적을 보며 긴장하고 있는 수하들을 위해서.

"으하하하! 그렇지. 암 그렇고말고. 숫자만 믿고 몰려오는 놈들을 자네가 혼쭐 내주게."

성벽 위에 있는 북해빙궁의 무사들은 초지명을 주시했다.

사 년 전, 자신들에게 굴욕감을 주었던 무인. 그러나 그가 보여준 무력과 수하를 생각하는 마음에 진심으로 미워할 수 없던 인물.

그 전장의 창이 이젠 아군이란 생각에 안도의 미소가 절로 피어났다. 만약 흑랑대주가 아군이 아니라 적 선봉이었다면 불안감을 넘어 두려움이 빙궁을 지배하고 있었을 것이다.

설상아가 흑마를 타고 있는 초지명 곁으로 다가왔다.

"흑랑대주님."

앞으로 말을 몰려던 초지명이 담담하게 말했다.

"긴장할 필요 없소. 나는 이길 테니까."

설상아는 입술을 꾹 깨물고 초지명을 보다가 자신의 팔목에 매여 있는 팔찌를 떼어내 내밀었다.

"받으세요. 승리를 부르는 부적이에요."

여러 빛깔의 수실이 꼬여 있는 끈 팔찌. 초지명이 피식 웃음을 배어 물었다.

설상아의 손이 살짝 떨리고 있었다. 만약 초지명이 죽는다면 전투를 시작하기도 전에 사기가 땅에 곤두박질 칠 것을 우려하고 있는 것이리라.

초지명이 고개를 저으며 입을 열었다.

"굳이 그런 것이 없어도 나는 이길 것이오. 적어도 오늘 내가 죽는 일은 없을 거요."

설상아의 미간이 살짝 찌푸려졌다. 그녀는 손을 회수하지 않은 채 받아쳤다.

"오늘뿐만이 아니라 앞으로도 죽지 말라고 주는 거예요."

"……."

"흑랑대주께서 본 궁을 위해 일기토를 자청한 순간, 당신은 우리와 한 식구가 된 겁니다. 그러니 받으세요."

초지명은 머쓱한 얼굴로 입을 열었다.

"나는 그저 밥값을 하려고……. 그리고 나는……."

"알아요. 당신은 죽어간 수하들의 명예를 회복시키기 위해 계속 마교도로 남을 것이란 걸. 하지만 이제부터 나에게 당신은 북해빙궁의 전사예요."

"……."

"받으세요. 그리고 싸워 이기고 돌아오세요. 음모와 모략으로 당신을 내쫓은 저들을 당당하게 물리치고 오세요."

초지명은 잠깐 침묵하다가 고개를 끄덕이며 끈 팔찌를 건네받았다.

"고맙게 받겠소."

"승리해 돌아오면 면사를 벗고 제 얼굴을 보여 드리죠."

초지명은 딱히 궁금한 적도 없었는지라 대꾸할 말이 없었다. 그래서 곁에 있는 귀혼창에게 말했다.

"가지."

"예."

초지명과 귀혼창이 앞으로 흑마를 몰았다.

그 뒷모습을 보며 몽추와 파륵이 외쳤다.

"조심하십시오!"

"후딱 해치우고 오십시오!"

그들의 응원에 초지명이 청룡극을 들어 올렸다. 북해의 무사들은 사천여 적들을 향해 달려가는 초지명과 귀혼창을 보며 심호흡했다.

기대와 불안이 교차하는 그들의 눈에서 열기가 피어오르기 시작했다. 대군을 향해 질주하는 모습에 그들의 심장이 뜨거워졌다.

설강이 피식 웃고는 혼잣말했다.

"이것만으로도…… 사백 명의 목숨 값은 되겠군. 거참, 일기토를 자청할 줄이야. 정말 초절정의 경지란 말인가?"

그는 입맛을 다시다가 아직도 성문 앞에서 두 손을 꼭 잡은 채 서 있는 딸을 보았다.

설상아가 초지명에게 건넨 팔찌는 자신의 아내이며 상

아의 모친이 남긴 유품이었다. 설강은 딸아이가 그것을 초지명에게 건네줄 것이라고는 상상도 못했기에 마음 한 편으로는 기함했다.

"흐음, 설마…… 아니겠지?"

요즘 들어 흑랑대주를 북해의 품에 안자고 거듭 주장하던 상아가 갑자기 의심스러워졌다.


사천여 적이 전진을 멈추고 전열을 갖추기 시작했다. 초지명은 그것을 물끄러미 보며 귀혼창에게 말했다.

"자네는 여기서 대기해 주게. 이 정도의 거리면 충분할 테니."

귀혼창이 고삐를 잡아당기며 대꾸했다.

"예. 조심하십시오."

초지명도 말을 멈추고는 귀혼창을 보았다.

"돌출 행동은…… 하지 말게."

귀혼창이 초지명을 따라 나온 이유는 적 선봉장을 제 눈으로 확인하고 싶어서였다. 조금이라도 더 가까이에서.

초지명은 귀혼창이 입술만 깨물자 한숨을 쉬고는 말을 이었다.

"자네만 바라보고 있는 수하들이 일백 명이네. 장수로서 무책임한 행동을 해서는 안 되지 않겠나?"

"……."

"섬마검이 배신했다고 자네가 물불 가리지 않고 달려들면……."

귀혼창이 엷은 미소를 지으며 초지명의 말을 끊었다.

"제가 그 정도로 바보는 아닙니다. 저는 그저…… 제 눈으로 확인하고 싶을 뿐입니다. 섬마검 부관께서 정말로 우리를 배신했다고는 믿겨지지 않으니까……."

귀혼창의 입술이 떨리기 시작하며 말이 이어지지 못했다.

전열을 갖추고 있는 사천여 적.

그 수뇌부로 보이는 장수들이 말을 타고 앞으로 운집하고 있었다.

이백여 명이 당당한 모습으로 말을 탄 채 이곳을 주시하고 있었다.

그런데…… 그 가운데 익숙한 사람이 보였다.

내공으로 안력을 높인 귀혼창은 고개를 저었다.

"아니야. 아닐 거야……."

그의 눈에 습막이 차올랐다. 그의 음성에 울음이 담겼다. 초지명도 적 수뇌부 가운데에 관태랑이 있음을 보고는 신음을 삼키며 어금니를 깨물었다.

귀혼창이 손으로 눈을 훔쳤다. 그러고는 뚫어지게 관태랑을 보았다.

그렇게 보고 싶던 사람이 저기에 있었다.

천마검 다음으로 의지했던 사람. 그가 배신했다는 소문을 들을 때면 웃으며 부인했었다. 그런데 그 사람이 저곳에 있었다.

오랜 세월 함께 울고 웃던 그 사람.

천마검이 전장의 선두에 서면 그 뒤에서 위험에 처한 수하들을 돕던 사람. 천마검을 보좌하면서도 조장과 수하들을 묵묵히 살피던 따뜻한 사람.

그 사람이…… 저기에 있었다. 자신의 등을 믿고 맡길 수 있던 그 사람이.

귀혼창의 팔에 힘이 들어갔다. 자신도 모르게 앞을 향해 말을 몰려는 순간, 초지명이 막아섰다.

"귀혼창!"

귀혼창이 부들부들 떨다가 몇 차례 심호흡했다.

"저는…… 그만 돌아가겠습니다."

초지명은 안쓰러운 눈빛으로 보다가 물었다.

"괜찮은 건가?"

귀혼창은 억지로 미소를 짓고는 입을 열었다. 그러나 그의 열린 입에서 목소리가 제대로 흘러나오지 못했다.

가슴이 먹먹했다. 분노와 슬픔이 머릿속을 곤죽으로 만들었다.

초지명이 다시 물었다.

"괜찮나?"

"저는…… 괜찮습니다."

초지명은 입술을 꾹 깨물었다. 괜찮다고 말하며 웃는 귀혼창의 눈이 벌겋게 충혈돼 있었다. 그의 양 뺨이 부들부들 경련을 일으켰다.

"흑랑대주님, 무운을…… 빌겠습니다."

초지명이 위로했다.

"내일부터는 전면전이네. 부디 감정을 잘 추스르게."

귀혼창은 울음을 삼키고 흑마의 말 머리를 돌렸다. 그가 북해빙궁의 돌성으로 돌아오자 성문에, 그리고 성벽에 있던 많은 이들이 안타까운 표정을 지었다. 귀혼창의 얼굴을 본 천랑대원들이 고개를 떨구고 소리 없이 오열했다.

설강은 쓴웃음을 삼키며 초지명을 보았다.

"흑랑대주, 자네가 이 분위기를 반전시키지 못하면 우리는 아주 어려운 상황에 처하게……."

그는 말을 끝맺지 못했다. 초지명의 내공을 담은 우렁찬 고함이 사위를 쩌렁쩌렁 울렸기에.

"내가 전장의 창, 흑랑대주 초지명이다! 너희들 중에 누가 내 청룡극을 받겠는가! 작은 용기라도 가진 자 있다면, 내 일기토를 받아라!"

백마 위에 있는 관태랑은 귀혼창이 돌아가는 모습을 보며 가슴이 찢어지는 아픔을 느꼈다. 그러나 그는 담담한 표정으로 전면을 주시했다.

주변의 장수들이 귀혼창의 풀 죽어 돌아가는 모습을 보며 웃고 조롱했다. 그러다가 초지명의 외침에 얼굴이 굳었다.

관태랑이 좌우를 가볍게 훑고는 입을 열었다.

"어느 분이 흑랑대주를 상대하시겠습니까?"

침묵이 흘렀다.

야전에서 명성을 쌓은 흑랑대주는 결코 녹록한 상대가 아니었다. 또한 지난 일 년간 그가 죽인 고수가 얼마나 많은지 모르는 사람이 없었다.

특히나 마교의 절정고수이며 대살성인 흑천쌍군(黑天雙君)이란 두 장로를 홀로 상대해 죽이기까지 했다.

여럿이 합공을 하거나 집단전이라면 모를까, 흑랑대주와 일대일로 붙는다는 건 쉽게 선택할 수 있는 문제가 아니었다.

제 목숨도 목숨이지만, 사문의 명예도 달린 일이기에.

모두가 신중한 기색으로 눈치를 살피자 관태랑이 다시 말했다.

"수하들이 지켜보고 있습니다."

그의 말마따나 사천에 가까운 정예 병력이 자신들 문파의 고수들을 보고 있었다.

천마신교의 부군사(副軍師)인 천산수사(天山修士)가

작은 눈을 빛내며 입을 열었다.

"굳이 흑랑대주의 일기토를 받을 필요가 있겠는가? 괜한 도발을 받았다가 패하면 망신살이 뻗칠 것이고, 이기더라도 별 의미 없네. 어차피 우리는 빙궁을 무너뜨릴 거야. 그때 같이 쓸어버리면 될 일이지."

관태랑이 천산수사를 직시하며 반박했다.

"이겨도 별 의미가 없다는 의견엔 동조하지 못하겠습니다. 일기토는 장수의 명예이며, 승리하면 부대 전체의 사기를 올리게 됩니다."

천산수사가 혀를 차며 대꾸했다.

"우리의 전력이 저들보다 훨씬 위인데 왜 절반밖에 안되는 승률의 도박을 해야 하지?"

관태랑이 빙그레 웃었다.

"책사다운 말씀이시군요."

"……."

"하지만 우리는 무사입니다."

천산수사의 눈살이 찌푸려지는 것을 보며 관태랑이 말을 이었다.

"이대로 그냥 물러나면 수하들이 여기 계신 장수들을 어떻게 보겠습니까?"

그때, 초지명이 다시 고함쳤다.

"그대들의 장수들은 모두 겁쟁이인가! 내 청룡극이 그

렇게 겁나는가!"

관태랑이 그 말을 주변 장수들에게 넘겼다.

"모두들, 흑랑대주가 겁나십니까?"

그의 도발에 몇몇 무사들이 나섰다. 그중에 초로인이
먼저 입을 열었다.

"내가 그를 꺾겠소."

현음교의 사령호법으로, 쌍칼을 귀신처럼 쓰는 절정고수
였다. 천산수사가 말리려는데 관태랑이 흔쾌히 허락했다.

"오, 쌍도유혼(雙刀幽魂)이시군요. 부디 본 부대와 현
음교의 위명을 보여주십시오."

그러나 정작 쌍도유혼은 관태랑이 아니라 천산수사를
보고 있었다. 선봉대의 실질적인 수장은 그였기에.

천산수사는 입술을 질끈 깨물며 관태랑을 노려보았다.
관태랑이 현음교까지 들먹이는 바람에 자신이 여기서 쌍
도유혼을 만류하기 어려워진 탓이다. 그랬다가는 현음교
를 무시하는 것이 되기에.

성정이 화통하기로 유명한 현음교주가 고개를 끄덕이며
천산수사에게 말을 건넸다.

"흑랑대주가 대단한 고수이기는 하나 우리 쌍도유혼도
뒤지지 않을 것이오."

관태랑이 맞장구를 쳤다.

"흑랑대주가 며칠간 쉬었다고는 하지만, 많은 부상과

누적된 피로가 다 가신 건 아니겠지요. 분명 쌍도유혼이 승리할 겁니다."

천산수사는 쌍도유혼을 보았다.

냉정하게 판단하면 그는 흑랑대주의 적수가 되지 못했다. 그러나 쌍도유혼은 사람들이 모르는 비기를 가지고 있었다. 자신도 얼마 전에 현음교의 막사에 갔다가 우연히 본 기술이었다.

쌍도유혼의 좌도(左刀).

그건 암기였다. 손잡이에 있는 작은 구멍에 공력을 주입하여 휘두르면 도신(刀身)이 두 개로 갈라지며 화살처럼 폭사한다. 접전 중에 그런 기습을 받는다면 제아무리 고수라도 치명상을 입을 수밖에 없었다.

천산수사가 고개를 끄덕였다.

"쌍도유혼께서 흑랑대주의 숨통을 끊어주시오."

쌍도유혼이 잇몸을 드러내며 소리 없이 웃고는 앞으로 말을 몰았다.

"여기 현음교의 쌍도유혼이 있다!"

그의 고함이 허공을 울렸다.

두두두두.

그의 말이 질풍처럼 달렸다.

초지명은 쌍도유혼을 물끄러미 보다가 양팔을 벌리고 고개를 위로 들었다. 관태랑이 예상한 것처럼 초지명은 아직 이런저런 부상에서 완쾌하지 못했다. 특히나 옆구리는 여전히 밤마다 쿡쿡 쑤셨다.

그러나 지금의 몸 상태는 지난 일 년 중 최상이었다.

끼니를 거르지 않아 속도 든든했다.

그의 입가에 희미하게 피어난 미소가 얼굴 전체로 번졌다.

이런 날을 기다렸다.

조금이라도 좋은 몸 상태에서 싸우게 되는 날을.

이런 장소를 고대했다.

더 이상 도망가지 않고, 죽어간 수하들의 복수를 할 수 있는 곳.

두두두두.

쌍도유혼이 탄 말의 말발굽 소리가 커져 왔다.

차아앙!

그가 지척까지 다가와 쌍도를 뽑았다.

초지명은 고개를 내렸다.

그의 눈이 무겁게 가라앉았다.

그의 잇새로 차가운 음성이 흘러나왔다.

"흑랑대 한 명의 목숨은……."

그의 청룡극이 천공을 향해 곧추섰다.

그의 목소리가 커졌다.

"열 배로 돌려받는다!"

부아아앙!

거대한 힘에 의해 공기가 짜부라지다가 터지는 파공성이 사위를 울렸다.

쩌어어엉!

쉿소리!

그건 쌍도유혼의 쌍도 중 하나가 부서지는 소리였다.

서걱! 우드득!

동시에 일어나는 파육(破肉), 파골(破骨)의 소리.

쌍도유혼의 가슴이 갈라지며 터져 나오는 비명이다. 그의 왼쪽 어깨에 박힌 청룡극이 오른쪽 허리로 빠져나왔다.

피분수가 허공에 뿌려졌다.

주인 잃은 말이 놀라 땅에 고꾸라졌다가 일어나 제멋대로 달렸다.

양쪽의 사람들이 모두 경악해 입을 쩍 벌렸다. 설마하니 단 일 합으로 승부가 갈릴 것이라 생각한 사람은 아무도 없었기에.

한 방울의 피도 묻지 않은 청룡극이 앞을 향했다.

초지명은 사천여 적을 향해 외쳤다.

"죽어간 흑랑대원들의 목숨 값을 열 배로 돌려받을 때까지 나는 결코 죽지 않으리라!"

북해빙궁의 돌성에 있던 사람들이 그제야 함성을 질렀다.

"우와아아아아아!"

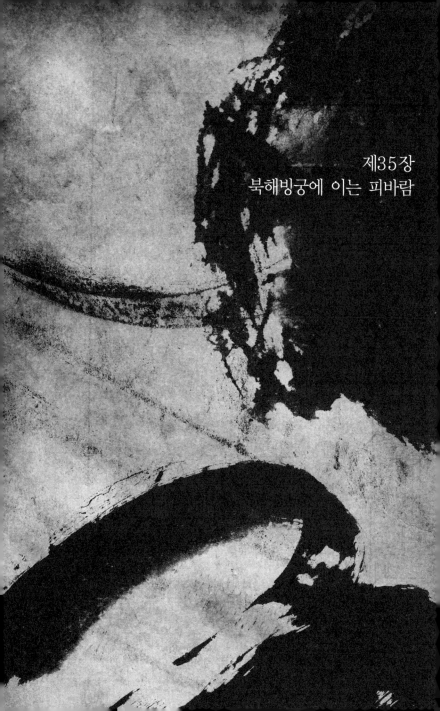

제35장
북해빙궁에 이는 피바람

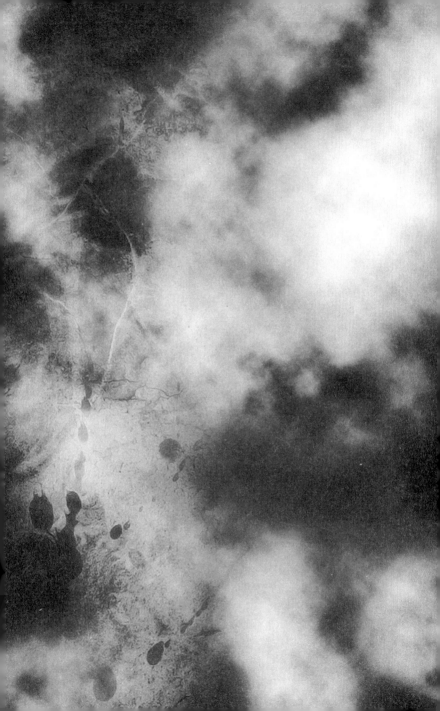

# 1

설강은 혹시나 하며 마음을 졸이고 있다가 그제야 어깨를 펴고 고개를 절레절레 저었다. 사 년 전 악몽이 주마등처럼 뇌리를 스쳤다.

"휴우우, 저 빌어먹을 청룡극은 훨씬 더 매서워졌군. 하하, 하하하하!"

반면, 천산수사의 얼굴은 붉으락푸르락 변했다. 만약 쌍도유혼이 현음교가 아닌 천마신교의 무사였다면 머저리라는 쌍욕이 튀어나왔을 것이다.

흑랑대주 같은 고수를 상대하면서 탐색도 없이 정면에서 곧바로 달려들다니!

흑랑대주가 전장의 창이라고 불리는 이유를 조금만이라도 생각할 머리가 있었다면 그런 우매한 짓은 결코 하지 않았을 것이다.

물론 쌍도유혼도 자신이 고작 일 합에 황천길을 가리라고는 생각 못했겠지만, 결과는 최악이었다.

다혈질인 현음교주가 분노에 차서 앞으로 나섰다.

"내가 직접 흑랑대주를 죽이겠소!"

천산수사가 화들짝 놀랐다. 분명 초절정고수인 현음교주라면 흑랑대주와 일전을 겨룰 만했다. 대단한 명승부가 펼쳐질 것이다.

그러나 안 될 일이다.

만에 하나 그마저 일기토에서 죽는다면 그 후폭풍은 쌍도유혼과는 천양지차가 될 것이다.

흑천련의 수장 중 하나가 전투가 벌어지기도 전에 죽는다는 것은 상상만으로도 끔찍했다. 이곳은 중원무림을 침공하기 전에 가볍게 지나는 통과 지점에 불과했다.

소교주뿐만 아니라 교주인 뇌황으로부터 진노가 떨어질 것이고, 흑천련의 다른 수장들도 책임을 추궁할 터였다.

천산수사가 급히 만류했다.

"현음교주님, 냉정을 찾으십시오. 어찌 소 잡는 칼을 닭 잡는 데 쓰려고 하십니까?"

현음교주가 붉게 달아오른 얼굴로 으르렁거렸다.

"내 아끼는 수하가 죽었소. 어찌 복수를 하지 않을까?"

다행히 소뇌음사의 마불이 천산수사를 도왔다.

"교주님, 쌍도유혼의 죽음은 애석한 일이나 교주님께서 나서시는 건 격에 맞지 않습니다."

천산수사는 마불에게 감사의 눈빛을 전하고는 다시 현음교주에게 말했다.

"마불 부주지의 말이 옳습니다. 기왕 하는 복수라면 흑랑대주 앞에서 놈의 수하들을 죽이며 피눈물을 쏟게 만드는 것이 낫지 않겠습니까? 내일 그렇게 하면 됩니다."

관태랑이 말을 받았다.

"저 역시 현음교주께서 나서시는 건 아니라고 생각합니다."

천산수사는 아니꼽다는 눈빛으로 관태랑을 쏘아보았다. 자신을 도와주는 의견이지만, 반갑지가 않았다. 이 사달이 일어난 원인 중 하나가 관태랑이었기에.

관태랑이 묘한 미소로 현음교주를 향해 말했다.

"현음교주님까지 잘못되시면 큰일 아닙니까?"

순간, 천산수사의 얼굴이 굳었다. 이건 도와주는 것이 아니라 불에 기름을 붓는 격이었다.

현음교주가 발끈했다.

"본좌가 흑랑대주에게 질 거란 말인가?"

관태랑은 담담하게 반문했다.

"저는 이기리라고 봅니다."

"그런데 어찌 그런 말을 하는가?"

"천산수사와 마불 부주지는 그렇게 생각하지 않는 것 같아서 말입니다."

천산수사가 참지 못하고 호통을 쳤다.

"섬마검! 그 무슨 망발인가! 지금 자네, 우리를 분열시키려는 건가?"

주변의 여러 장수들이 고개를 끄덕이며 관태랑을 노려보았다. 마불이 비릿한 미소로 말했다.

"섬마검, 그런 빤한 수작질을 하다니. 어디서 같잖은 짓을 벌이려는 거냐? 네놈이 여전히 죽은 천마검을 그리워하는 건 알고 있지만, 감히!"

관태랑은 고개를 저었다.

"이건 천마검과는 상관없는 일입니다. 저는 선봉장으로서 적 장수의 일기토에 이대로 밀리는 것은 피하고 싶을 뿐입니다. 이렇게 끝나 버리면 우리의 사기는 떨어질 테고, 적의 사기는 올라갈 테니까요."

마불이 콧방귀를 뀌었다.

"문제는 네놈의 말에서 전혀 진심이 느껴지지 않는단 것이지."

마불은 관태랑을 무척 싫어했다. 왜냐하면 작년 사천에서 천마검을 해치울 때 무척이나 끈질기게 방해한 인물이었으니까.

분명 관태랑 역시 자신이 증오스러울 텐데도 신기할 정도로 감정을 드러내지 않았다. 마불은 관태랑의 그런 점이 더욱 꺼려져서 소교주만큼이나 그를 괴롭혔다.

관태랑은 고개를 절레절레 젓고는 손사래를 쳤다.

"알겠습니다. 여러분이 저를 믿지 못하겠다면 제 주장을 철회하겠습니다. 오늘은 이대로 물러나지요."

천산수사나 마불을 비롯한 많은 장수들이 속으로 이를 갈며 노염을 삼켰다. 불은 제가 피워놓고 제멋대로 불장난을 끝내자고 말하니 어이가 없었다.

뭔가 관태랑에게 놀아난 기분마저 들었다.

그들이 옥신각신하는 것을 멀리서 지켜보던 초지명이 다시 고함을 질렀다.

"이제 너희들에겐 내 청룡극을 받을 용자가 없는가!"

잠시 호흡을 고르던 현음교주가 천산수사를 향해 입을 열었다.

"부군사, 나 역시 섬마검 선봉장이 다른 마음을 품고 있을지도 모른다고 생각하오. 그러나 이렇게 물러날 수는 없소."

천산수사는 한숨을 삼키며 고개를 저었다.

"그냥 무시하면 될 일입니다. 내일 보복하면 됩니다. 우리가 왜 흑랑대주의 도발에 장단을 맞춰야 합니까?"

흑랑대주가 걸출한 인물인 건 맞다. 그러나 현음교주가 몇 명의 사령호법만 대동하면 흑랑대주를 잡는 건 그리 어렵지 않을 것이다. 그 쉬운 일이 복잡하게 꼬이고 있어 천산수사는 가슴이 답답했다.

현음교주는 초지명을 흘낏 보고는 이를 갈다가 말했다.

"지금 본 교의 수하들 기분도 고려해 주시오."

"……."

"그래서 말인데, 우리 선봉장인 섬마검이 흑랑대주를 상대하는 건 어떻겠소?"

천산수사의 눈동자가 흔들렸다. 기실 그건 아주 매력적인 제안이었다. 그리고 말은 안 했지만, 섬마검을 죽여 버리고 싶은 충동을 자신도 가지고 있었다.

만약 섬마검이 갑자기 돌변해 소교주에게 충성이라도 바친다면 자신의 지금 자리는 위태로워질 테니까.

마불이 웃으며 맞장구를 쳤다.

"그거 좋겠군요. 섬마검이라면 흑랑대주를 잡을 확률이 적지 않지요. 말을 타고 겨루는 싸움이니 다리 하나 없다고 불리하지도 않고 말입니다."

흑천련의 하나인 삼혈곡(三血谷)의 부곡주도 동의했다.

"흥미로운 싸움이 되겠습니다. 한패였던 자와의 대결이라……. 또한 섬마검이 다른 꿍꿍이가 없다는 것도 증명할 수 있겠지요."

그는 관태랑에게 고개를 돌려 말을 이었다.

"우리 선봉장이 부대의 사기를 그렇게 염려하시니, 직접 나서는 건 어떻겠나?"

모두의 시선이 관태랑에게 집중됐다. 천산수사도 관태랑이 어떤 반응을 보일지 흥미가 동해 물었다.

"섬마검의 생각은 어떤가?"

관태랑은 어깨를 으쓱하고 답했다.

"저는 선봉장으로서 부대의 사기를 최우선으로 생각하고 있습니다."

천산수사가 미간을 찌푸렸다.

"무슨 뜻인가?"

"제가 질 것 같은데, 그럼 가뜩이나 떨어진 우리 부대의 사기가 더 나락으로 곤두박질칠 것 같아서 말입니다."

천산수사를 비롯한 주변 장수들은 기가 막혔다.

관태랑은 태연하게 말을 이었다.

"그럼에도 여러분이 저에게 나가라고 한다면, 그리하겠습니다."

현음교주가 노한 음성으로 쏘아붙였다.

"어찌 선봉장이 패배를 입에 담는가. 부끄럽지도 않은가!"

마불도 노염에 차 외쳤다.

"네 장난질은 더 이상 봐줄 수가 없구나! 그래, 나가라!

부대의 사기를 핑계로 숨지 말고 나가 싸워라!"

모두가 관태랑을 몰아붙였다.

"나가시오!"

"이기든 지든 최선을 다하시오!"

"다른 속셈이 없다면 흑랑대주의 목을 가져오시오! 그
것이 소교주가 내린 명이잖소!"

"당신이 그토록 걱정하는 부대의 사기를 스스로 끌어
올려보시오!"

관태랑은 쏟아지는 비난 속에서 천산수사를 향해 물었
다.

"아무래도 제가 흑랑대주와 일기토를 해야겠군요."

순간, 천산수사는 관태랑이 이런 상황을 위해 유치한
짓거리를 했음을 깨달았다.

조잡한 술수였으나 관태랑 스스로를 궁지로 모는 방법
이었기에 사람들이 자연스럽게 휩쓸린 것이다. 왜냐하면
평소에도 장수들은 관태랑을 모욕해 왔기에 전혀 이상하
지 않았다.

천산수사는 신음을 삼키며 이런 상황을 이끌어낸 관태
랑을 노려보았다.

[섬마검, 나와 거래를 하자는 거냐?]

그의 전음에 관태랑이 빙그레 웃었다.

[이제야 눈치채신 겁니까?]

[무서운 놈, 너는…… 혹시 북해빙궁에 투항하려는 것이냐?]

[그럼 소교주가 광분해 천랑대원들을 죽이겠지요.]

[그럼 무엇을 원하는 거냐?]

[잠깐의 대화. 그리고 패배.]

천산수사의 입꼬리가 위로 올라갔다.

[대가는?]

[부군사께서는 저를 더 이상 견제하실 필요가 없어질 겁니다. 소교주가 저를 내치도록 이번 일을 이용하십시오.]

천산수사의 입가에 미소가 번지고 고개가 끄덕거려졌다. 그는 아직까지도 관태랑을 향해 나가서 싸우라고 요구하는 장수들을 보며 손을 들었다.

그러자 군웅의 시선이 천산수사에게 쏠렸다.

"많은 분들의 의견이 그러하시니 저 역시 섬마검에게 청하겠소. 나가 싸워 흑랑대주의 수급을 가져오게."

관태랑이 빙그레 미소 지었다.

초지명의 눈동자가 흔들렸다.

섬마검 관태랑이 백마를 몰고 앞으로 나오고 있었다.

그의 등장에 북해빙궁에 있는 사람들도 숨을 죽였다.

소리 죽여 오열하던 천랑대원들이 눈을 부릅떴고, 흑랑

대원들은 침만 삼켜 댔다.

그리고 북해빙궁의 무사들은 굳은 얼굴로 침묵했다. 그들도 섬마검 관태랑이 얼마나 강하고 유능한지 잘 알고 있기에.

초지명은 청룡극을 밑으로 늘어뜨리고는 관태랑이 다가오는 것을 보았다.

따각따각.

오십여 장, 삼십여 장, 십여 장.

그리고 마침내 둘은 불과 삼 장의 거리에서 서로를 마주 보았다. 서쪽 하늘에서 붉은 노을이 지기 시작하면서 서로의 얼굴도 붉어졌다.

스르르릉.

관태랑이 검을 뽑아 들며 입을 열었다.

"오랜만입니다, 흑랑대주님."

초지명은 한숨을 삼키고 고개를 끄덕였다.

"그렇군."

"대주님의 실력이 일취월장한 것 같습니다."

초지명이 쓴웃음을 깨물었다.

"다른 사람도 아닌 섬마검이 그리 말해주니 고맙군. 하지만 자네의 검을 제대로 받아낼 수 있을지는 장담할 수 없지. 누가 뭐래도 자네는 섬마검이잖나."

이번엔 관태랑의 입가에 쓴웃음이 걸렸다.

"궁금한 것이 있습니다."

"……?"

"혹시 우리 대주님에 대한 소식이 있습니까?"

순간, 초지명은 관태랑의 얼굴에 어리는 간절함을 보았다. 그리고 직감적으로 깨달았다.

그는 배신자가 아니라는 것을.

초지명은 고개를 저으며 말했다.

"폭혈도가 찾아 나선 지 한참인데, 아직 소식이 없군."

관태랑은 중얼거리듯이 대꾸했다.

"그렇군요."

그는 아쉬운 낯빛으로 말을 천천히 사선으로 몰았다. 자연스럽게 초지명도 청룡극을 들고는 반대쪽으로 흑마를 몰았다.

둘 사이로 긴장이 흘렀다. 두 고수가 뿜어내는 기운으로 인해 주변의 허공에 돌개바람이 일어났고, 그 바람은 흙먼지를 일으키기도 했다.

그렇게 둘은 말을 천천히 몰며 원을 그렸다. 그건 멀리 떨어져 있는 사람들에겐 확실히 일촉즉발의 상황으로 보였다.

단 한 번의 승부로 끝을 내려고 신중을 기하는 고수 간의 대결.

초지명이 말했다.

"자네와는 정말 싸우기 싫은데."

"저 역시 싸울 생각 없습니다."

관태랑의 대꾸에 초지명이 히죽 웃었다. 지금 관태랑은 연기를 하고 있는 것이다.

"나와 대화를 하려는 거였군. 천마검의 소식이 궁금해서였나?"

"예. 그리고 또 한 가지 이유가 있습니다."

초지명의 눈에 관태랑의 다리가 들어왔다. 바지에 대부분 가려져 있지만, 그 끝이 나무인 것이…… 그리고 바람에 흔들리는 바지의 윤곽을 보며 다리의 절반이 없음을 알아차릴 수 있었다.

초지명은 천천히 한숨을 토해내고는 물었다.

"그게 뭔가?"

"북해빙궁의 산하 방파들이 배신했습니다."

초지명은 자신도 모르게 침음을 흘렸다.

"음, 결국 그렇게 됐나? 그래도 혹시나 하며 모두들 기다리고 있었는데."

"원래 그들은 우리와 합류하려고 했는데, 천산수사가 음모를 꾸몄습니다."

"……?"

"내일 우리와 북해빙궁 간의 교전이 시작되면 북해빙궁은 하나의 손도 간절해지겠지요. 그때, 북해의 산하 문파들이 북해빙궁을 돕기 위해 나타날 겁니다."

초지명의 외눈이 빛났다.

"반가운 마음에 그들을 안으로 들이면……."

관태랑이 고개를 끄덕였다.

"예, 안팎에서 공격당하고 북해빙궁은 허망하게 무너지
게 되는 거죠."

"……."

"빙궁주는 한두 달 성안에서 버티려는 것 같은데, 소교
주는 그럴 생각이 없습니다. 천산수사는 그 뜻을 받들어
내일 총공세로 결판을 내려 할 겁니다."

초지명은 숨을 들이켰다.

만약 관태랑이 이것을 알려주지 않았다면 꼼짝없이 당
할 수밖에 없었으리라.

"귀한 정보를 주어 고맙네."

"제가 머리를 노리겠습니다. 피한 다음에 지나치는 제
등짝을 갈기십시오."

"……."

"말에서 떨어진 제게 청룡극을 겨눈 후, 한마디 외쳐
주시면 됩니다. 옛정을 생각해 한 번만 살려주겠다고. 그
리고 적당한 곳을 후려쳐서 기절시키시면 됩니다."

"……."

"자, 더 이상 시간을 끌면 위험합니다. 이쯤에서 끝내

지요."

초지명은 한숨을 삼키고 고개를 끄덕였다.

"알겠네."

"세게 치셔야 됩니다. 제가 지난 일 년 동안 수련을 열심히 해서 맷집이 제법 좋아졌습니다. 그래서인지 어지간해서는 기절하지 않거든요."

그 말에 초지명은 아픈 미소를 깨물었다. 관태랑은 웃으며 말하고 있지만, 기이하게도 그 웃음에서 슬픔이 뚝뚝 묻어 나왔다. 그건 비슷한 고초를 겪은 자만이 느낄 수 있는 감정이었다.

"그런데 자네가 이리 망신만 당하고 패하면…… 괜찮겠나?"

관태랑은 환하게 웃으며 대답했다.

"당연하지요. 저는 잘 지내고 있습니다."

＊　　　　＊　　　　＊

관태랑은 오만상을 쓰면서 깨어났다.

오한이 들었다.

방금 뒤집어쓴 물이 지독하게 차가운 탓이었다.

천산수사가 미소를 짓고 있다가 말했다.

"흑랑대주와는 유익한 대화를 나눴나?"

관태랑은 몇 차례 머리를 흔들고는 자신의 모습을 살폈다. 의자에 앉아 있는 자신의 발목과 의족이 족쇄로 연결되어 있었다. 양손도 뒤로 묶여 있었다. 더구나 몸에 걸친 것은 중심부를 가리는 속옷이 전부였다.

가뜩이나 추운 북방에서 벌거벗은 채로 찬물을 뒤집어쓰고 있으니 몸이 와들와들 떨렸다. 그는 내공을 끌어 올려서라도 몸을 뜨겁게 하려 했지만, 결국 실소를 흘렸다.

공력을 쓸 수가 없었다.

기절해 있는 동안 산공독을 먹인 것이다.

하지만 관태랑은 당황하지 않았다. 이런 일은 셀 수도 없이 당해왔으니까.

"훗, 제가 깨어나면 도망이라도 칠 것 같았습니까?"

"후후후후, 나는 사람을 믿지 않거든. 더구나 끔찍한 고문이나 죽음이 코앞에 닥친 사람을 어찌 믿겠나?"

천산수사는 뒷짐을 진 채 말을 이었다.

"오늘 펼쳐진 일기토의 패배는 자네의 무책임한 결정 때문이라고 소교주에게 전서구를 보냈네."

"빠르기도 하시군요."

"더불어 그대와 흑랑대주와의 결투는 각색 좀 했네."

"……?"

"흑랑대주에게 패하자 살려 달라고 애걸복걸했다고 말이지."

관태랑은 쓴웃음을 깨물었다. 역시 천산수사였다.

소교주가 자신을 욕심내는 이유는 능력뿐만 아니라 고고한 자존심도 한몫한다는 점을 간파하고 있었다.

"소교주가 이제는 나를 혐오하겠군요."

천산수사가 눈을 빛내며 잔인한 미소를 지었다.

"왜? 나와의 거래가 벌써 후회되나?"

관태랑이 미소로 답했다.

"전혀."


## 2


관태랑은 고개를 갸웃거리며 천산수사에게 물었다.

"그런데 그 말을 하려고 깨운 겁니까?"

"아무렴 그럴 리가 있겠나. 자네는 이제 돌아가야 하니까. 이곳에 있는 장수들이 자네를 선봉장으로 인정할 수 없다고 만장일치로 결정했거든."

관태랑은 피식 웃으며 반문했다.

"혈왕문은 빠졌겠지요."

혈왕문(血王門).

천마검에게 우호적인 문파로, 관태랑 자신과도 막역하던 사이였다. 물론 천마검이 사라지면서 어쩔 수 없이 혈왕문도 교주 쪽으로 돌아서게 되었다. 그러나 혈왕문주는 적어도 자신에게 치졸하고 야비한 짓을 하지는 않았다.

천산수사는 눈살을 찌푸렸다.

"그래, 혈왕문주는 빠졌지. 하지만 내가 만장일치로 상달했네. 자네 스스로 나에게 약속했듯이 소교주가 자네를 내치려면 이런 것도 필요하거든."

"알겠습니다."

"그래, 그렇게 알고 돌아가면 되네. 설마하니 소교주 앞에서 그런 일 없었다고 징징거리는 건 아니겠지? 천하의 섬마검이 말이야."

"약속은 지킵니다."

천산수사는 소리 없이 웃고는 고개를 끄덕였다.

"그렇지. 그래서 내가 자네의 거래에 응한 거지."

천산수사는 음산한 눈빛으로 막사 밖을 향해 외쳤다.

"들어와라!"

두꺼운 털옷을 입은 천산수사의 수하 두 명이 안으로 들어섰다. 차가운 북방의 밤바람이 함께 파고들어서 관태랑의 전신에 소름이 돋게 만들었다.

그걸 본 천산수사가 혀를 찼다.

"쯧쯧, 고생 좀 하겠군. 오늘 밤은 유달리 바람이 찬데. 하긴 내일 아슈힐 산을 넘을 때보다야 낫겠지만."

관태랑은 미소로 말을 받았다.

"시원해서 좋겠군요."

"후후후, 우리가 북해빙궁을 접수한 뒤에 돌아가 자네를 만날 날이 기다려지는군."

천산수사는 관태랑의 몸 여기저기에 새겨진 인두 자국을 보며 말을 이었다.

"이번에 소교주께서는 자네에 대해 그 어느 때보다도 실망이 클 테니까 말이지. 다음엔 얼굴을 지진다고 들은 것 같은데, 어떤 모습일지 기대가 아주 크네. 물론 그때까지 살아 있어야 하겠지만."

"……."

"꼭 살아 있기를 바라네. 이건 진심이네. 크크큭."

천산수사는 관태랑이 담담한 표정으로 막사 밖으로 나가는 모습을 물끄러미 보다가 이맛살을 찌푸렸다.

마음에 들지 않았다, 어떤 경우에도 흔들리지 않는 놈의 표정이.

그래서 밖으로 뛰어나가 관태랑을 불렀다.

"섬마검!"

그의 외침에 관태랑을 좌우에서 끌다시피 하던 수하들이 멈췄다.

관태랑은 고개를 돌려 빙그레 웃었다.

"아직도 못한 말이 있습니까?"

말하는 그의 입에서 하얀 입김이 흘러나와 세찬 바람에 흩어졌다. 천산수사는 관태랑을 응시하며 말했다.

"내가 돌아갈 때까지 네가 살아 있다면, 초지명과 귀혼창의 수급을 꼭 보게 해주지."

"쉽진 않을 겁니다."

"북해빙궁은 결국 스스로 성문을 열게 될 거야. 자네가 흑랑대주에게 어떤 경고를 했더라도 말이지."

관태랑은 입술을 꾹 깨물고 천산수사를 보다가 대꾸했다.

"부군사님, 어쩌면 이게 마지막이 될지도 모르니 조언 하나만 드리죠."

"……?"

"부군사님은 꽤 똑똑합니다. 깜짝 놀랄 만한 귀계나 묘책도 종종 내놓지요."

천산수사가 당황하다가 미소 지었다.

"후후후, 아부를 떠는 건가? 내가 옷이라도 던져 줄까 하는 기대에?"

"그런데 부군사님은 두 가지를 못하죠."

"……?"

"전체의 그림을 그리지 못하고, 갑작스러운 위험이 닥치면 멍청해져요."

천산수사의 눈가가 잔 경련을 일으켰다.

"네놈이 감히!"

"제 말 아직 끝나지 않았습니다. 그런 사람이 책사를

맡으면 언젠가 큰 위험에 처하게 됩니다. 당신뿐만 아니라 당신을 의지하는 수많은 무사들을 곤경에 빠트리죠."

"……!"

"큰 그림을 그리고 돌발 상황에도 대비할 수 있게 공부하세요. 그러지 않으면 음모나 꾸미는 천박한 책사로 남게 될 겁니다. 물론 그때까지 살아남는다면 말이죠."

천산수사가 역정을 냈다.

"나는 대천마신교의 부군사니라. 네놈이 그렇게 존경하는 천마검을 사천에서 물 먹인 것도 내 작품이었단 말이다."

"그래서 다행입니다."

"……?"

"교주나 소교주의 보는 눈이 고작 그것밖에 안 되니까."

"……!"

"제가 왜 교주나 소교주를 선택하지 않은 줄 아십니까? 음모로는 결코 패왕의 별이 될 수 없기 때문입니다."

*　　　　　*　　　　　*

북해빙궁의 회의실 분위기는 무거웠다.

초지명이 관태랑으로부터 들은 정보 때문이었다.

기실 형제의 연을 맺은 방파들이 도우러 오지 않을 가능성은 이미 어느 정도 고려하고 있었다. 그러나 그들이 적의 편에 설 줄은 상상도 못했던 것이다.

소극적 배신이 아니라 적극적 배신이었다.

모두가 딱딱하게 굳은 얼굴인 가운데 귀혼창의 표정만 밝은 편이었다.

섬마검 관태랑이 배신하지 않았다는 것을 알았기에.

초지명은 관태랑이 이 일로 상당한 대가를 치러야 함을 짐작하고 있었지만, 굳이 말하지 않았다. 간신히 살아난 천랑대의 분위기를 해칠 필요는 없다고 판단한 것이다.

막빙도 장로가 제 머리를 한차례 움켜쥐었다가 한숨을 뱉었다.

"첩첩산중이군."

설상아가 어느새 식어버린 찻잔을 양손으로 잡고는 말했다.

"그래도 흑랑대주께서 이 정보를 알아 오셔서 다행이에요. 그러지 않았다면 저희들은 내일 허망하게 무너졌을 테니까요."

상석의 설강이 건성으로 고개를 끄덕였다.

"그건 그렇지."

설상아가 차를 호로록, 들이켜고는 이어서 말했다.

"그리고 흑랑대주께서 일기토를 자청한 것도 천운이에

요. 일기토를 자청하지 않았다면 정보를 알 기회마저 없었을 테니까요."

역시나 설강이 맞장구쳤다.

"그래, 그것도 그렇지."

설상아가 다시 말했다.

"그리고 흑랑대주께서 일기토를 멋진 승리로 장식해서 사기가 진작되어 있는 것도……."

설강이 한숨을 내뱉고 딸의 말허리를 싹둑 잘랐다.

"상아야, 그만하자."

"예?"

"내일 대책을 논하는 자리에서 왜 계속 지난 일만 언급하는 거냐?"

설상아가 당황하며 말을 받았다.

"아니, 그러니까, 내일 일을 말하기 위해서 당연히 흑랑대주께서 하신……."

"그놈의 흑랑대주께서, 흑랑대주께서란 말 좀 그만해! 아주 귀에 딱지가 내려앉겠어."

"……."

"내가 흑랑대주가 한 일을 폄하하려는 건 아니야. 하지만 정도가 있어야지. 그리고 지금은 내일 대책을 논하는 자리인데……. 에휴, 넌 지금 위기감도 못 느끼는 거냐?"

장로와 간부들이 눈치를 살피는 가운데, 초지명이 주먹

으로 입을 가리며 헛기침을 하고는 말했다.

"소궁주, 궁주님의 말씀이 옳소."

설상아가 입술을 꾹 깨물고 설강과 초지명을 번갈아 보다가 입을 열었다.

"그러니까 흑랑대주께서……."

설강이 손바닥으로 탁자를 쾅! 내려쳤다.

"그 말, 그만하라고 했지?"

설상아가 받아쳤다.

"내일 대책을 말하는 거예요!"

"응? 그런데 왜 또 흑랑대주께서냐?"

"적에게 강렬한 인상을 심어줬잖아요. 그러니 우린 흑랑대주님을 최대한 이용해야죠."

심드렁하던 좌중이 모처럼 눈을 빛내며 집중했다.

막빙도 장로가 물었다.

"어떻게 말이냐?"

"흑랑대주님과 비슷한 체형을 가진 고수들을 추려서 똑같은 옷을 입히고 안대를 씌우는 거예요. 며칠 전 대장간에 청룡극과 똑같은 크기로 모방품을 여러 개 만들어 달라고 했거든요. 그것까지 쥐고 있으면 꽤 그럴듯할 거예요."

설강이 고개를 끄덕이며 엷은 미소를 머금었다.

"뭐, 흑랑대주가 이쪽저쪽에서 나타나면 적들이 조금

혼란스러워하긴 하겠구나. 어지간한 고수들이 아니면 피하려 할 테니까."

"예. 물론 큰 효과를 기대할 수는 없지만, 나름 쏠쏠한 재미를 볼 수 있을 거예요. 갑자기 나타난 흑랑대주를 피하려다가 전열이 꼬이면 그만큼 우리는 숨 돌릴 틈을 갖게 될 테니까요."

"내일 하루는 총력전이 될 테니까 그런 짬도 필요하겠지."

모두가 고개를 끄덕이다가 초지명과 귀혼창을 보고는 입술을 깨물었다. 둘의 얼굴이 잔뜩 구겨져 있어서였다.

설강이 물었다.

"두 분은 우리 소궁주의 의견이 탐탁지 않으신가?"

초지명이 답했다.

"여러분이 상대해야 할 적이 대체 어디라고 생각하는 겁니까? 천마신교와 흑천련의 최정예이오. 이런 땜질식 대책은 없느니만 못하다고 생각합니다."

귀혼창이 말을 받았다.

"굳이 쓰고 싶다면 교전 초반에 잠깐만 쓰는 게 좋습니다. 안 그러면 오히려 가짜 흑랑대주는 순식간에 죽게 될 테니까 말이죠. 본 교의 마인들은 고수라고 피하지 않습니다. 일단 싸움이 시작되면 어떤 고수가 앞에 있건 물불 가리지 않고 달려듭니다."

좌중은 그제야 깜빡하고 있던 사실을 깨달았다.

자신들이 상대해야 할 적은 무시무시한 고수들이 득실거리는 천마신교의 마인들임을. 초지명이 일기토에서 너무 쉽게 이기는 모습에 그것을 잠깐 잊었다.

설강이 팔짱을 끼고 물었다.

"그럼 그쪽도 의견을 좀 내놓으면 좋겠는데?"

초지명과 귀혼창이 서로 마주 보고 씩 웃었다.

초지명이 말했다.

"제일 좋은 방법은 조를 짜는 겁니다. 삼 인 일 조로. 효율적으로 싸울 수 있을뿐더러 강한 고수에 대처할 수도 있습니다."

귀혼창이 말을 받았다.

"그리고 그 조를 이끄는 조장들은 천랑대와 흑랑대, 바로 우리 수하들이 맡겠습니다."

좌중이 순식간에 얼어붙었다. 북해의 전사들을 천랑대원과 흑랑대원의 수하로 전락시키자는 제안이라니!

굳었던 그들의 얼굴이 노염으로 달아올랐다.

초지명이 싸늘한 분위기를 느끼고는 말했다.

"우리가 생각하는 최선책을 말했을 뿐입니다. 선택은 여러분이 하는 거지요."

귀혼창도 고개를 주억거리며 첨언했다.

"효과는 가장 좋을 거라 생각합니다. 그러나 더 좋은

의견이 있다면 그것을 따르겠습니다. 어쨌든 이곳의 주인은 여러분이고, 저희들은 객에 불과하니까요."

침묵이 흘렀다.

북해빙궁의 사람들에게도 초지명과 귀혼창의 제안이 꼭 나쁜 것만은 아닐 거라는 생각이 들기 시작했다.

저들의 수련을 지켜보면서 얼마나 강한지 보았다. 그리고 굳이 그것이 아니더라도 천랑대와 흑랑대는 천마신교 최강의 부대들이었다.

그리고 지금은 본궁의 흥망이 걸려 있는 비상시국이었다.

설상아가 조심스러운 어조로 물었다.

"흑랑대주님, 삼 인 일 조로 조를 이룬다면 손발을 맞춰야 할 시간이 많이 필요하지 않을까요?"

초지명이 고개를 끄덕여 동의했다.

"아무래도 조금이라도 더 많이 맞춰보는 게 당연히 낫지 않겠소? 그러니 가급적 빨리 결정하는 것이 낫소. 아, 물론 우리의 제안을 받아들인다는 전제하에 말이오."

설강이 헛기침을 하고는 낮게 물었다.

"먹고 자는 시간을 빼고 나면 얼마 시간도 없는데, 어설프게 손발을 맞췄다가는 오히려 전력이 떨어질 위험이 있지 않겠나?"

"성벽에서 싸우는 거니까 상관없습니다. 그곳에서 대처

하는 방법은 결국 몇 가지로 압축되니까요."

귀혼창이 추가로 설명했다.

"또한 조장이 하는 일이 가장 많고 위험한데, 우리 대원들이 그건 아주 능숙합니다. 북해의 전사들은 조장에 맞춰주는 일이 대부분이라 조금만 연습하면 빠르게 익숙해질 수 있습니다."

잠시 대화가 끊기며 정적이 생겨났다. 그 침묵을 설상아가 깼다.

"아버지, 시간은 지금도 흘러가고 있어요."

설강이 팔짱을 풀며 막빙도 장로를 향해 물었다.

"저 두 친구의 의견이 일리가 있는 것 같은데요? 그리고 지금 자존심이나 체면을 따질 상황은 아니고 말입니다."

막빙도 장로가 입술을 꾹 깨물었다가 답했다.

"그건 그렇소."

"상황도 상황이고, 딱히 다른 방법도 없는데, 삼 인 일조로 할까요?"

"뭐, 그럽시다."

설강이 웃음을 티트렸다.

"으하하하! 자자, 수련이다! 다들 준비시켜라!"

\*　　　　　\*　　　　　\*

백운회는 먹지도 자지도 않고 나흘째 달리는 중이었다. 그러던 그가 서서히 속도를 줄이기 시작했다.

화려한 사두마차가 길가에 서 있고, 그 옆으로 많은 화톳불과 모닥불이 피어오르고 있었다.

이곳 북방은 사람이 매우 드물다. 그런 까닭에 며칠을 달려도 인가는커녕 사람 한 명 만나지 못하는 경우가 태반이었다.

백운회도 지난 나흘 동안 고작 세 사람을 보았을 뿐이다. 물론 그들은 백운회를 보지 못했지만.

그런데 지금 사두마차의 주변에서 고기를 굽고 있는 사내는 무척이나 특이했다.

대체 왜 저렇게 많은 불을 피우고 있는 걸까?

물론 그것이 백운회를 멈추게 한 이유는 되지 않는다. 그가 멈춘 건 불을 연결하면 천(天)이란 글자가 되기 때문이었다. 그건 마치 자신을 찾는다고 알리는 것 같았다.

백운회가 마차 옆의 불들 앞에서 멈춰 서자 고기를 굽던 초로인이 고개를 들었다.

"어휴! 정말 나흘 동안 달려서 여기까지 온 겁니까? 와아아! 하하하, 대단하십니다. 믿기지 않는데 믿어야 하는 일을 겪는 기분이 이런 거군요. 와! 보이십니까? 제 팔에 돋은 소름이!"

백운회는 밑도 끝도 없이 말하는 그를 보며 담담하게 물었다.

"나를 아는 당신은 누군가?"

초로인이 어깨를 으쓱하며 웃고는 나무꼬치에 꿰어 있는 고기를 내밀었다.

"시장해 보이시는데, 일단 받으십시오."

백운회는 고기를 거절했다. 그러자 그는 백운회를 향해 섭섭한 기색을 드러내면서 제 소개를 했다.

"홍몽검(弘夢劍)입니다. 들어보셨죠?"

"금시초문이오."

미소 짓던 그의 얼굴이 구겨졌다.

"어휴, 망할 문주 같으니라고. 사람을 이렇게 개고생시키면서 어떻게……."

백운회의 눈이 빛났다. 그가 홍몽검의 말을 끊었다.

"하오문주를 말하는 거요?"

"예, 그렇죠. 저는 하오문의 북방 분타주입니다."

"……."

"나흘 전, 당신께서 내린 포구에서 추혼밀이 전서구를 날려 이 근방에 있는 비밀 분타로 보내왔습니다."

"우연히 여기 있었소?"

"아니, 그 무슨 살 떨리는 말씀을. 제가 왜 이 춥고 외딴곳에 있겠습니까? 하긴 뭐, 북방 지역이란 게 워낙 넓고 다 춥고 그러네요. 다 외딴곳이기도 하고. 어쨌든 저는 천마검께서 원래 내리려는 포구로 이동하다가 그 전서구를 보고 여기에 눌러앉은 거죠."

백운회는 너무 말이 많은 홍몽검의 태도에 눈살을 찌푸리며 물었다.

"내가 시간이 별로 없으니 용건만 간단히 해주시오. 내게 전달할 정보라도 있소?"

"그게 아니라 천마검님을 마차에 모시고, 쉴 시간을 드리려는 거죠. 뭐, 어쨌든 천하의 천마검 아닙니까? 나중에 잘되면 본 문을 잘 살펴주십시오."

백운회는 피식 웃고 대꾸했다.

"호의는 고맙게 받겠소. 그러나 나는 내 발로 가는 게 더……."

홍몽검이 손사래를 치며 말했다.

"마차를 끄는 저 네 필의 말이 바로 전설의 한혈마(汗血馬)입니다. 모두 천리마예요. 한창때라 더 잘 달리죠."

백운회의 걸음이 멈췄다. 사실 나흘간 먹지도, 쉬지도 못한 탓에 몸 상태가 좋은 편은 아니었다.

백운회가 관심을 보이자 홍몽검이 씨익 웃고는 말을 이었다.

"저 마차 안은 침상으로 개조되어 있으니 한숨 푹 주무실 수 있을 겁니다. 운기조식도 하실 수 있도록 안전하게 모시지요."

"……."

"마지막으로 제가 지름길을 잘 압니다. 그래서 천마검께서 나흘간 주파한 거리를 고려해도 전혀 뒤떨어지지 않게 모실 수 있지요."

"밤에 마차를 몰 수 있소?"

"제가 원래 야행성입니다."

백운회가 피식 웃고는 손을 내밀었다.

홍몽검이 환한 얼굴로 그 손을 잡았다.

"영광입니다. 천마검께서 친히 악수를……."

"아니, 왼손에 들고 있는 고기를 달란 말이오."

"……."


## 3


초지명은 여명의 찬바람을 맞으며 성루(城樓)에 섰다.

아직은 캄캄한 허공.

그러나 곧 날이 밝을 것이고, 사천에 이르는 적이 몰려올 것이다. 만약 오늘 하루의 전투를 버틸 수 있다면 장기전으로 끌고 갈 수 있을 것이다.

그것을 적도 알고 있기에 총력전으로 나올 터. 결코 쉽지 않은 싸움이 되리라.

갖가지 생각이 꼬리에 꼬리를 물고 일어났다.

과연 오늘을 버틸 수 있을지부터 시작해서 섬마검에 대한 걱정, 그리고 이곳에서 어찌해서 살아남는다고 해도 앞으로 어떻게 살아가야 할지에 대해.

그 어떤 질문도 쉬운 게 없었다. 답은 나오지 않고 오히려 질문만 더해진다. 마치 인생처럼…….

초지명은 쓴웃음을 깨물었다.

이런 고민들조차 사치스럽게 느껴진 것이다.

"오늘 하루 최선을 다할 뿐."

이게 정답이라고 확신할 수는 없다. 그러나 적어도 그보다 더 나은 답을 지금 찾으려는 건 의미 없다고 여겨졌다. 지난 일 년 동안 살아온 것처럼 지금도 그렇게 하루를 살아갈 뿐.

밤새 경계를 서던 파수병들이 물러나고, 그 자리에 무사들이 들어서기 시작했다. 그리고 초지명의 우측으로 이장 거리에 체격 좋은 사내들이 자리했다.

사십 대 중년인과 이십 대 청년.

"흑랑대주님…… 벌써 나와 계셨습니까?"

그들은 초지명에게 정중하게 인사를 하고는 제 덩치보다 훨씬 큰 북을 자리에 고정시켰다.

고수(鼓手)였다.

대규모 집단전에서 북을 치는 사람의 역할은 매우 중요

하다.

공격과 후퇴 같은 지휘관의 명을 재빨리 전달하고 아군의 사기를 북돋는 임무. 그건 정예 무사 몇 명의 역할보다 훨씬 가치 있는 일이다.

초지명이 그들을 향해 부드럽게 말했다.

"힘든 하루가 되겠지만, 수고해 주시오."

중년 고수가 미소를 머금으며 대답했다.

"북해의 전사들은 강합니다."

초지명은 말없이 고개만 끄덕였다. 천마신교와 흑천련에서 정예들만 추린 적의 부대가 훨씬 강하겠지만, 그 사실을 굳이 말할 필요는 없었다. 중년인이 말을 이었다.

"더구나 흑랑대와 천랑대도 우리를 돕고 있으니, 무엇이 두렵겠습니까?"

그의 말이 끝나기 무섭게 청년 고수가 입을 열었다.

"정말 승리할 수 있겠지요?"

그의 낯빛에는 기대와 두려움이 교차하고 있었다.

전날 초지명의 승리는 사기를 진작시켰으나 그가 가지고 온 비보(悲報), 북해 지역의 문파들이 배신했다는 얘기는 모두를 우울하게 만들었다.

초지명이 대꾸하려는데 뒤에서 나타난 설상아가 대신 말을 받았다.

"사기를 진작해야 할 고수가 약한 소리를 하다니요?"

그녀의 호통에 젊은 고수가 움찔하고는 고개를 숙였다. 초지명은 그녀를 향해 고개를 돌리며 말했다.

"전투 전에는 누구나 불안한 마음을 가지기 마련이니……."

그는 말을 잇지 못했다.

북해빙궁의 소궁주, 설상아.

그녀는 몸에 착 달라붙는 갑주를 입고 나타났다. 그녀의 날씬한 몸매는 감탄을 흘릴 만큼 매력적이었다.

사내라면 누구라도 다시 그녀를 보게 만들 정도로.

그러나 초지명이 말을 멈춘 까닭은 그녀의 몸매나 달라붙는 옷차림 때문이 아니었다.

늘 얼굴을 가리던 면사가 없었다.

그리고 그 자리엔 숨이 막힐 정도로 아름다운 얼굴이 있었다.

고혹적인 여전사.

특히나 잡티 하나 없는, 마치 색목인 같은 우유 빛깔의 피부는 이국적인 미를 더했다.

초지명은 그녀를 잠깐 빤히 바라보다가 피식 웃었다. 그 웃음에 설상아가 발끈했다.

"왜 웃는 거죠?"

"아니, 그냥……."

"그냥 뭐요?"

"소문은 역시 믿을 게 못 된다는 생각이 들어서."

그의 대꾸에 설상아의 하얀 얼굴에 박꽃 같은 미소가 맺혔다.

"제가 추레한 박색이라는 풍문 말이죠?"

초지명은 고개를 끄덕이다가 의아한 얼굴로 물었다.

"그런데 왜 갑자기 면사를 벗었소?"

그의 물음에 설상아가 눈살을 찌푸렸다.

"흑랑대주께서 승리하면 제가 얼굴을 보여 드리겠다고 약속했잖아요."

초지명은 잠시 멍한 표정을 지었다가 담담하게 대꾸했다.

"그런 약속을 했었소?"

"……."

"어차피 전투가 벌어지면 면사도 거추장스럽겠지. 아! 그 긴 머리도 묶는 게 나을 거요."

초지명은 그 말을 끝으로 다시 시선을 전면에 두었다. 그 무뚝뚝함에 설상아는 입술을 꾹 깨물었다가 그의 옆에 섰다. 그리고 마치 준비하고 있었다는 듯이 소매 속에서 끈을 꺼내 머리를 묶으며 말했다.

"오늘도 날씨가 우중충하네요."

초지명은 어슴푸레 밝아오는 하늘을 보며 고개를 끄덕였다. 그가 딱히 대꾸를 하지 않자 설상아가 계속 말했다.

"조만간 눈이나 비가 올 거예요. 눈이라면 이번 겨울의 마지막 눈이 될 거고, 비라면 올봄의 첫비가 되겠죠."

"……."

"중원은 신록이 우거지고 있을 텐데, 이곳은 항상 늦어요. 늦기만 한 게 아니라 적막하고 춥기까지 하죠. 그래서 난 이곳이 싫었어요."

"북해빙궁의 소궁주가 틈만 나면 중원으로 유람을 가는 이유가 그거였소?"

설상아는 낮게 소리 내어 웃고는 대답했다.

"맞아요. 그런데 재미있는 건 중원에 있으면 이곳이 그리워지는 거예요."

초지명이 말을 받았다.

"고향이니까."

"맞아요. 당신도 고향에 돌아가고 싶겠죠?"

초지명은 뜻 모를 한숨을 깊게 내쉬며 하늘을 보았다.

갈 수 있을까? 과연 갈 수 있는 날이 올까?

그의 우울한 얼굴을 보며 설상아가 말했다.

"살아남으세요. 승리하고 살아야죠. 그렇게 버티고 버티면서 버티면 분명 귀향하는 날이 올 거예요. 저는 그렇게 믿어요."

뜬금없다면 뜬금없는 그녀의 말에 초지명이 고개를 돌려 보았다.

"내가 죽을 것 같소?"

설상아는 아픈 미소를 짓고는 전면을 보았다.

"네, 죽을 것 같아요."

"나는……."

"내일은 생각하지 않고 오늘만 보죠. 승리가 아니라 먼저 죽은 수하들에게 부끄럽지 않은 최후를 맞을 생각만 하고 있죠. 그 장소로 여기를 택했고요."

"……."

설상아가 다시 초지명을 직시하며 물었다.

"아닌가요?"

초지명은 입술을 깨문 채 대답하지 못했다. 그가 침묵에 빠져들자 설상아는 다시 정면을 보며 입을 열었다.

"오래된 얘기인데…… 엄마가 돌아가실 때, 저도 따라 죽고 싶다고 말했어요. 엄마 없는 세상은 무섭다고, 엄마가 가려는 저승에 따라가고 싶다고."

"……."

"그러니까 엄마가 말해주었어요. 인생은 버티는 거라고."

초지명은 나직하게 그녀의 말을 따라 했다.

"버티는 거라……."

"예. 그렇게 묵묵히 버티면서 노력하면 언젠가 좋은 일들이 찾아온다고. 만약 제가 먼저 포기해 버리면 오고 있던 좋은 일들이 한심하다며 돌아가 버린다고 하셨어요."

"……."

"버티세요. 살아남으세요. 죽는 순간은 대주님이 굳이 찾아가지 않아도 언젠가는 와요. 마중 나가지 않아도 돼요. 우리가 정말로 찾아야 하는 건 정답을 알 수 없는 죽음의 의미가 아니라, 노력하며 찾아야 할 삶의 의미라고 생각해요. 죽어서 무엇을 남길까 보다 살아서 무엇을 할 것인가가 더 중요하다고 믿어요."

초지명은 눈을 감고 미소를 머금었다.

그녀의 말이 옳았다. 죽어간 수하들을 생각하다 보니 지금 자신 곁에 있는 수하들을 보지 못했다.

죽은 이를 잊어서는 안 되겠지만, 지금 살아 숨 쉬는 녀석들을 간과하고 있었다니.

"소궁주는…… 좋은 여자구려."

설상아의 얼굴이 밝아졌다.

"살 거죠? 살아서 나와, 그리고 우리와 함께 승전가를 부를 거죠?"

초지명이 팔을 들고는 소매를 걷었다. 그의 손목에 묶여 있는 끈 팔찌.

"물론, 승리를 부르는 부적이 있잖소?"

설상아가 하얗게 웃었다.

　　　　＊　　　　　＊　　　　　＊

　둥, 둥, 둥, 둥……

　북소리가 천천히 흘러갔다. 북해빙궁의 성벽에 있는 무
사들은 긴장한 얼굴로 전면을 주시했다.

　어제 이십 리(里)를 물러나 밤을 지새운 적들은 아침을
든든하게 먹은 후, 기세등등한 모습으로 다시 나타났다.

　정오까지 한 시진이 남은 시각.

　그들은 불과 이백여 장 앞까지 다가와서 멈춰 섰다.

　그들 중 백여 명이 성벽의 높이보다 더 기다란 대나무
를 쥐고 선두에 나섰다. 그리고 또 백여 명이 이선에 도열
했다.

　삼선과 사선이 사다리와 갈고리 달린 밧줄을 들었다.
오선과 육선은 대나무를…… 그렇게 계속해서 속속 전열
이 완성됐다.

　그리고 천오백여 명이 가장 후위에서 대기했다, 성문이
열리면 모두 달려갈 준비를 갖추고.

　돌성의 정문 위에 자리한 설강이 침을 삼키며 눈을 빛
내다가 고개를 갸웃거렸다. 아무리 봐도 어제보다 숫자가
줄어 있었다.

　족히 천여 명은 적어 보였다.

　설강은 뒤를 돌아보았다.

북해빙궁은 특이한 산에 자리하고 있다.

반산(半山).

이름처럼 모습이 독특하다. 절반은 전형적인 산의 모습인데, 뒤쪽의 절반은 없다.

뒤쪽은 깎아지른 듯한 절벽이라는 얘기다.

그렇기에 경계병 두세 명만 세워두면 안심인 곳이다.

북해빙궁은 반산이 시작되는 평지에서부터 산중턱까지 건물들을 지었고, 앞을 거대한 돌로 둘렀다.

수성전을 벌이기엔 최상의 지형 조건이라 할 수 있었다. 어떤 의미로는 그것을 믿기에 항전을 선택한 것이기도 했다.

설강은 반산의 정상을 보다가 고개를 저었다.

적이 미치지 않고서야 뒤로 기습해 올 리 만무. 만약 그렇다면 쌍수를 들어 반길 일이었다.

"흐음, 일천은 어디에 숨겼을까?"

설강은 혼잣말을 하다가 다시 전면을 보았다. 그는 심호흡을 하고는 수하들을 향해 외쳤다.

"곧 올 것이다! 침착해라!"

빙궁주의 오른쪽으로 십여 장 떨어진 곳에 위치한 초지명도 외쳤다.

"자신이 맡은 곳만 책임지면 된다! 앞만 봐라!"

좌측 성벽을 책임진 귀혼창도 공력을 실어 말했다.

"시작은 천마신교나 흑천련의 정예가 아닐 것이다! 저들이 북방을 휩쓸면서 차출한 방파들의 잡졸들을 소모품으로 쓸 터! 초반부터 멋지게 한 방 먹여주자!"

사실 잡졸들이라고 할 수는 없을 것이다. 분명 고르고 골라 용사들을 차출했을 테니까. 그러나 귀혼창의 고함은 효과가 있었다. 모두가 고개를 주억거리며 전의를 다졌다.

둥, 둥, 둥, 둥……

북소리는 계속 천천히 울렸다.

그때, 적 선두에 있던 천산수사가 말을 몰고 앞으로 나와 고함을 질렀다.

"대천마신교의 부군사, 천산수사다!"

북소리가 멈췄다.

설강은 수하들이 지켜보는 것을 의식하며 심후한 공력으로 맞받아쳤다.

"개소리 지껄이려면 꺼지고, 싸울 거면 후딱 와라! 북해의 전사들에게 항복이란 없다!"

"하하하! 주제도 모르고 감히 우리와 맞설 생각을 하다니, 그 배짱만큼은 인정해 주겠소, 빙궁주!"

"흥, 배짱만이 아니라 실력도 있다는 것을 똑똑히 보여주마."

천산수사가 다시 대소를 터트리고는 대꾸했다.

"혹여 빙궁의 형제 방파들이 도와줄 것을 기대하고 있

다면 꿈 깨시오! 아, 우리가 도중에 전서구를 가로채 소식을 모르고 있으려나?"

그는 팔을 뒤로 돌리며 보란 듯이 자세를 취했다. 사라진 일천여 명을 확인하라는. 그러고는 재차 고함을 이었다.

"당신이 기다리는 지원군은 지금쯤 노부가 보낸 일천 정예에게 깨지고 있을 테니까."

설강의 눈동자가 찰나 흔들렸다. 그러나 피식 실소를 머금었다. 설상아가 곁에서 속삭였다.

"속지 마세요. 그들은 배신했어요."

막빙도 장로를 비롯한 주변의 장로와 장수들이 동의한다는 표정으로 고개를 끄덕였다.

초지명과 귀혼창도 천산수사에게는 들리지 않을 정도로 설상아가 한 말을 전해 왔다.

설강이 모두에게 걱정 말라는 듯이 손사래를 치고는 딸에게 투덜거렸다.

"내가 바보도 아니고, 그걸 모르겠느냐?"

"예. 분명 나중에 쫓기는 모습으로 등장할 것이 분명해요. 지금 보이지 않는 일천은 그들을 쫓는 척……."

"안다, 알아!"

설강은 상아의 말을 끊고 천산수사에게 외쳤다. 섬마검 관태랑이 전해 준 정보를 모르는 척하면서.

"그런가? 어쨌든 덕분에 우린 너희만 상대하면 되겠구

나! 하하하!"

천산수사는 어깨를 으쓱하고는 대꾸했다.

"호오, 지원군이 죽어가고 있다는데도 웃다니, 무정하구려."

"내가 원래 차가운 남자거든. 그게 북해의 전사다. 하하하!"

"그 웃음, 오늘이 가기 전에 울음으로 바꿔 드리겠소."

그가 말을 마치며 옆구리에 차고 있던 칼을 뽑았다.

차앙!

은빛 칼이 구름으로 가득한 잿빛 천공을 찔렀다.

천산수사는 비릿하게 웃고 칼을 내리며 외쳤다.

"공격하라!"

"와아아아아!"

일선의 일백 수하가 함성을 지르며 앞으로 걸음을 옮겼다.

그들은 돌성과의 거리가 이십여 장에 이르자 뛰기 시작했다.

그리고 이선이 움직였다. 삼선도 곧 그들을 따랐다.

설강은 일선이 다가오는 것을 쏘아보며 외쳤다.

"온다! 대비하라! 북해의 저력을 보여주자아아아!"

둥둥둥둥둥둥!

북소리가 빨라졌다. 그에 따라 성벽의 무사들도 거친 호흡을 뱉으며 앞을 주시했다.

다다다다다닥!

백여 개의 대나무가 거의 동시에 땅에 박혔다. 그 기다란 대나무가 흔들리며 하늘을 향해 곧추섰다.

대나무 꼭대기 근처에 파여 있는 홈에 발을 디딘 백여 명의 적들이 성벽보다 더 높은 곳에서 찰나 멈췄다.

그들의 한 손이 흔들렸다.

손가락 사이사이에 꽂혀 있던 비수들이 폭사하고, 대나무가 앞으로 기울었다.

쐐애애애액.

수백 개의 비수들이 쏟아졌다. 그 뒤를 따라 일백여의 적들이 하강했다.

귀혼창이 버럭 고함을 질렀다.

"허리를 펴라!"

암기를 피해 몸을 숙이면 뒤따라오는 적이 성 위에 안착할 기회를 주게 된다. 그리고 그들과 싸우게 되면 이선, 삼선, 사선의 적들이 계속 성 위로 올라설 것이다.

성벽 위 무사들은 병장기를 움직여 암기를 쳐냈다. 몸을 비틀거나 한두 발을 움직여 비수를 피하면서도 몸을 구부리진 않았다. 특히나 삼 인 일 조의 조장을 맡고 있는 천랑대, 흑랑대의 무사들은 선두에서 빠르게 암기를 튕겨냈다.

정중앙의 설강과 주변의 무사들은 적의 암기에 맞서 자신들도 암기를 던졌다.

"으아아악!"

"꺼으으읔!"

대나무를 타고 내려서던 이들 중 몇몇이 암기를 맞고 성벽 아래로 떨어졌다. 마찬가지로 성벽 위의 무사들도 비수를 맞고 고꾸라지는 모습이 보였다.

부우우웅.

초지명의 청룡극이 움직이며 허공을 갈랐다.

"크아아악!"

성 위에 착지하려던 장한이 비명을 지르며 나가떨어졌다.

이십여 명의 적이 성 위에 착지하며 칼을 휘둘렀다.

설강이 앞으로 떨어지는 적에게 장력을 한 방 먹여주고는 빽! 소리를 질렀다.

"또 온다! 대비하라아아아!"

이선의 적이 대나무를 찍고 허공으로 올라섰다. 어김없이 그들의 손에서 암기가 뿌려졌다. 물론 북해의 전사들도 비수를 던졌다. 손이 빈 자들은 이전의 적들이 던진 비수를 주워 던졌다.

"끄아아악!"

"허억!"

맞고 죽는 자, 피하다 밑으로 떨어지는 자, 성벽에 착지했으나 곧바로 죽는 자, 그리고 빠르게 자리를 잡고 칼을 겨루는 고수들까지…….

불과 잠깐 동안에 북해빙궁의 성벽 위는 고함과 비명으로 어지러웠다. 아수라장이다.

착착착착착!

성벽으로 사다리가 걸쳐졌다. 그 사다리를 타고 창칼을 든 사내들이 빠르게 올랐다.

홰애애애액.

철컥.

갈고리가 넘어왔다.

"와아아아아!"

"공격하라!"

"막아라!"

사다리를 밀고 갈고리의 줄을 끊는다. 착지한 적과 싸운다. 그러는 사이에 성벽 위로 다시 대나무가 떨어져 내린다. 그리고 또 사다리가 걸리고 대나무가 떨어진다.

"끄아아악!"

누군가의 비명이 들리고, 피 분수가 허공에, 그리고 성벽 위에 난자하게 뿌려진다.

둥둥둥둥둥둥둥둥!

북소리가 쉼 없이 울린다. 전쟁이란 괴물이 북해빙궁을 삼킨다. 북해빙궁에 피바람이 분다.

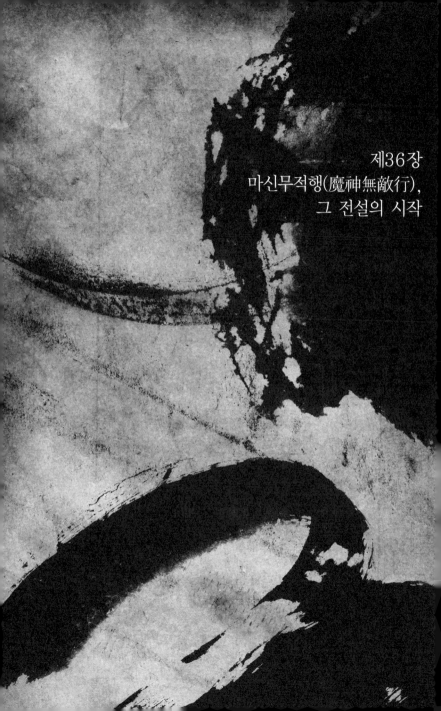

제36장
마신무적행(魔神無敵行),
그 전설의 시작

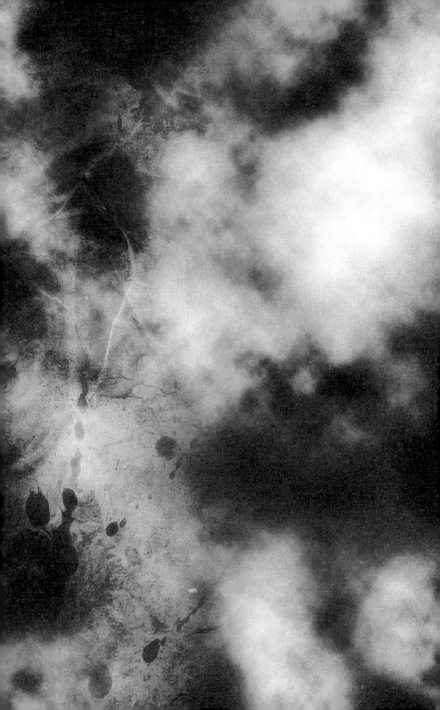

# 1

흑랑대 일조장 몽추와 이조장 파륵은 별동대다.

무슨 말인가 하면 성벽 수비를 담당하는 것이 아니라 착지한 고수를 찾아내 상대하는 것이다.

쩌어엉, 쩡!

슈가가각!

몽추의 칼에 적이 비명을 지르며 쓰러졌다.

싸움이 시작된 지 이제 한 시진. 피로가 급격하게 몰려왔다.

싸움도 싸움이지만, 뒤에 버티고 있는 천마신교와 흑천련의 진짜 고수들은 아직 움직이지도 않았다는 점 때문이었다. 그들이 언제 움직일지에 신경이 곤두섰다.

"제길."

욕설이 절로 튀어나왔다.

천산수사는 정말 빌어먹을 놈이었다.

북방 지역의 많은 방파에서 차출한 최정예 무사들을 모조리 소모품으로 쓰고 있었다. 우리가 그들을 상대하느라 진이 다 빠졌을 때 움직이려는 심산일 것이다.

안타까웠다.

지금 자신이 죽이는 이 무사들은 칼 받이라는 그들의 운명을 잘 알고 있겠지. 그럼에도 이렇게 격렬하게 공격을 하는 것은 고향에 있는 가족과 사형제 때문일 것이다.

그들을 지키기 위해서.

쇄애애액!

창이 섬전처럼 다가와 몽추의 뺨을 스쳤다. 그의 볼에 그어지는 혈선.

만약 고개를 젖히는 것이 찰나만 늦었어도 얼굴 가운데 구멍이 날 뻔했다.

슈캉!

몽추는 칼로 창대를 쳐내고 안으로 파고들었다.

설마 안으로 파고드는 육박전은 예상 못했을까?

상대가 당황하며 튕겨 나간 창을 회수해 보지만, 이미 몽추는 그의 가슴을 어깨로 쳤다.

퍼억!

그가 뒤로 밀려나다가 성벽 가에 아슬아슬하게 멈췄다.

몽추의 칼이 그의 가슴을 향해 쏘아졌다. 그는 암울한 표정으로 입술을 깨물고는 몸을 뒤로 날렸다.

성벽 아래로 떨어지는 그의 몸.

그는 땅바닥에 가까워지자 손으로 성벽을 가볍게 툭, 치면서 하강 속도를 줄였다. 그런 후, 낙법을 이용해 땅을 구르고는 벌떡 일어섰다.

그는 이를 바드득 갈다가 근처의 대나무를 들고 뒤로 뛰었다. 다시 거리를 확보해 뛰어오르기 위해서.

몽추는 씁쓸함에 한숨을 삼켰다.

교전 중에 엉뚱한 생각을 하다니.

일 년간 모질게 고생하다가 얼마간 편해져서일까?

독함이 누그러졌다.

사연 없는 사람은 없다.

이곳은 전장!

죽는 자와 살아남는 자만 존재할 뿐.

철컥!

갈고리가 넘어왔다.

몽추는 근처에 있던 흑랑대원이 그 줄을 끊는 것을 보고는 고개를 돌려 주변을 훑었다.

수많은 역경을 헤쳐 나온 흑랑대와 천랑대의 손실은 거

의 없었다. 사실 아직까지 성이 함락되지 않은 것은 자신들 덕분이라고 해도 과언이 아니었다.

문제는 북해빙궁의 피해가 빠르게 늘어나고 있다는 점이었다.

문뜩 미안한 마음이 들었다.

왜냐하면 사 년 전, 북해빙궁은 자신들 때문에 많은 고수들을 잃었으니까.

"제길, 대주님 말씀대로 밥값을 제대로 해야지. 우리가 죽인 사백 명의 목숨 값은 치러야 하니."

잠깐 상념에 빠졌던 그가 다시 눈을 번뜩이며 맹수처럼 움직였다.


천산수사는 앞을 보며 혀를 찼다.

"역시 저들로는 역부족이네요. 그래도 혹시나 기대했는데. 흐음…… 성문을 열면 고향으로 돌려보내 주겠다는 떡밥이 약했을까요?"

현음교주가 낮게 웃었다.

"크흐흐흐, 상관없지 않소? 그래야 부군사의 귀계가 빛을 발할 테니 말이오."

주변 장수들이 모두 고개를 끄덕였다. 마불이 입을 열었다.

"그나저나 섬마검은 반드시 이번에 처리해야 합니다.

그놈은 결코 천마검을 잊을 놈이 아니에요. 그런 놈이 작심하고 변절한 척하면 나중에 우리 등에 비수를 꽂을 겁니다."

천산수사는 빙그레 미소 짓고 답했다.

"염려 붙들어 매셔도 됩니다. 아무리 소교주라도 이번엔 섬마검을 용서하지 않을 거예요."

"하지만 매번 살려줬었죠. 그래서 이번에도 또 기회를 줄까 봐 걱정이 돼서 말입니다. 대체 소교주는 왜 그리 섬마검에게 연연하는지."

그들은 지척에서 피 튀기는 혈전이 벌어지고 있는데도 여유롭게 대화를 나눴다. 승패가 어떻게 나든 자신들과는 상관없다는 표정으로.

천산수사가 말했다.

"섬마검의 능력도 능력이지만, 출신이 훌륭하니까요. 본 교의 오대가문 중 하나인 흑룡가(黑龍家)의 적자 아닙니까? 섬마검을 품는다는 건 그 가문의 힘도 가질 수 있다는 뜻입니다."

삼혈곡의 부곡주가 고개를 갸웃거리며 물었다.

"하지만 섬마검은 천마검과 함께 역모를 꾸민 죄를 받았습니다. 그래서 가문에서 쫓겨나지 않았습니까?"

천산수사는 전면을 향한 채 대꾸했다.

"섬마검의 모친이 마검후(魔劍后)예요. 그녀는 아직도

섬마검을 설득하고 있습니다. 모정(母情)이란 게 쉽게 끊어지는 건 아니니까요. 가문에서 뛰쳐나간 건 섬마검의 의지였습니다. 가문에 해를 끼치고 싶지 않다는 뜻이겠지요."

마검후.

천마신교 최고의 여고수다.

기실 관태랑이 아직까지 살아 있는 이유 중 하나는 그가 가진 배경 때문이었다.

마불이 마음에 들지 않는다는 표정으로 말을 받았다.

"그러니까 이번에도 섬마검을 살려줄 가능성이 있다는 말이잖습니까?"

천산수사가 고개를 흔들었다.

"제가 소교주에게 전서구로 상달한 내용을 보셨잖습니까."

"……?"

"흑랑대주에게 살려 달라고 빌었다는 내용. 이건 소교주뿐만 아니라 흑룡가나 마검후도 용납하지 못할 거예요. 흐흐흐, 치욕스러운 일이잖습니까? 소교주가 살려준다고 해도 흑룡가나 마검후가 요구할 겁니다. 차라리 자진하라고."

침묵하고 있던 혈왕문주가 낮은 신음을 흘리다가 말했다.

"그럼…… 섬마검은 어제의 일로 자신이 죽게 되리라는 것을 알면서도 부군사와 그런 거래를 한 겁니까?"

"하하하, 그렇지요. 저 돌성 안에 있는 천랑대와 흑랑대를 지키기 위해서 말입니다."

"……."

"그럼에도 불구하고 제 계책으로 인해 저들이 스스로 성문을 열게 되면…… 섬마검은 아마 죽어서도 눈을 감지 못할 겁니다. 흐흐흐, 그래서 저는 우리가 돌아갈 때까지 소교주가 섬마검을 죽이지 않았으면 합니다. 이 전투의 과정과 결과를 그놈 앞에서 말해주는 재미는 상상만으로도 짜릿하거든요."

많은 장수들의 입꼬리가 올라갔다.

어쩌면 그 도도한 섬마검이 피눈물을 흘리는 장면을 보게 될지도.

현음교주가 하품을 하며 기지개를 켜다가 물었다.

"그나저나 북해빙궁을 도울 지원군은 왜 이리 안 오는 겁니까? 구경만 하고 있으려니 영 지루해서……."

삼혈곡의 부곡주가 미소를 머금고 대꾸했다.

"현음교주님께서 몸이 근질거리시나 봅니다."

"그게…… 조금이라도 빨리 흑랑대주의 숨통을 끊고 싶어서 그럽니다."

"아, 쌍도유혼의 복수를 하고 싶으신 거군요."

천산수사가 말을 받았다.

"다들 들으셨지요? 흑랑대주의 모가지는 현음교주님께 양보해 주셔야 합니다."

그의 말에 주변의 장수들이 너털웃음을 터트렸다.

그때, 마불이 반색하며 손을 들어 오른쪽을 가리켰다.

"허허허, 옵니다."

그가 가리키는 먼 곳의 지평선에서 뿌연 흙먼지가 일었다. 보통 사람들의 눈에는 아직 보이지 않지만, 고수들인 그들은 볼 수 있었다.

모두의 눈에 기광이 일렁였다.

진짜 싸움이 시작되는 것이다.

북해빙궁을 삼킬 마지막 승부가.


설강의 양팔은 거의 쉬지 않고 움직였다.

빙백신공(氷白神功).

그의 장력이 닿는 곳은 하얀 서리가 앉으며 꽁꽁 얼어붙었다. 공력이 약한 자가 가슴에 맞으면 심장이 얼어서 즉사하게 되는 무서운 무공이었다.

쉬이이이익.

파스스스.

"크읔!"

빙백신공에 맞은 자들은 전신에 파고드는 한기에 진저

리를 치며 어김없이 몸을 부르르 떨었다. 그렇게 잠깐 몸을 움직이지 못하는 사이에 근처의 북해빙궁 전사들이 칼을 휘둘렀다.

막빙도 장로가 피투성이가 된 몰골로 설강을 불렀다.

"궁주!"

설강은 가장 가까운 곳에 있던 적에게 달려들려다가 상아에게 맡기고는 대꾸했다.

"무슨 일입니까?"

"아무래도 교대해야 할 것 같소. 한계요. 많은 이들이 지쳐 있소."

지금 북해빙궁의 전력은 둘로 나뉘어 있었다.

한 부대는 성벽 위에서 싸우고 있고, 나머지는 아래에서 대기 중이었다. 전원이 다 전투에 참가하기엔 성벽 위 공간이 협소한 까닭도 있고, 하루 종일 싸워야 할 것을 대비한 부대 편성이기도 했다.

설상아가 지친 얼굴로 고개를 끄덕였다. 그녀는 어깨를 베였는지 그 주변이 핏물로 흥건했다.

"저도 장로님 말씀에 동의해요. 그나마 지금 적이 덜 몰려올 때……."

그녀는 말을 하다가 멈추고는 빠르게 주변을 훑었다. 정말 적들이 눈에 띄게 줄었다.

북해빙궁 빙검대의 부대주가 갑자기 환호성을 질렀다.

"와아아아! 적들이 물러갑니다!"

그의 말마따나 성벽 위에서 싸우던 적이 성벽에 걸쳐 있는 대나무나 사다리를 타고 뛰어내리듯 빠르게 빠져나갔다.

그제야 사람들은 성 밖에 대기하고 있던 마교와 흑천련의 본대에서 울리는 징 소리를 들을 수 있었다.

후퇴령이 분명했다.

설강이 이마의 땀을 훔치며 말했다.

"개자식들, 밥이라도 먹고 다시 붙자는 건가?"

물러가는 적을 보며 북해의 전사들이 환호성을 질렀다.

일차전에 불과할지 몰라도 분명 승리는 승리니까.

그러나 설강을 비롯한 북해빙궁의 수뇌부는 웃을 수 없었다.

한두 달을 버틸 작정이었다.

그런데 고작 한 시진 조금 넘는 교전으로 적지 않은 피해를 입었다. 대충 살펴도 이백은 잃은 것 같았다.

그나마 다행이라면 적 사상자가 족히 서너 배는 되어 보였다.

또한 흡족하면서도 불편한 것이 있었다.

자신들의 피해는 이리 큰데 천랑대나 흑랑대의 손실은 거의 없어 보인다는 점이었다.

설강은 성벽을 그렇게 살펴보다가 한숨을 뱉었다.

"밥값은 톡톡히 하는군."

그가 말한 의미를 알아차린 설상아가 쓴웃음으로 대꾸했다.

"저들은 이런 전투를 일 년이나 하면서 살아남은 자들이니까요."

"뭐, 그건 그렇지."

설강은 고개를 끄덕였지만, 미간을 펴지는 못했다. 자존심이 상한 까닭이다.

막빙도 장로가 성 밖의 전면을 보며 우울한 얼굴로 말했다.

"궁주, 마교와 흑천련…… 저 본대가 오면 우리도, 그리고 천랑대나 흑랑대의 피해도 걷잡을 수 없이 커질 겁니다."

"……."

"특히 천랑대와 흑랑대는 전원 전투에 참가해서 상당히 지쳐 있습니다. 대부분 부상에서 완쾌하지 못한 상태인데, 언제까지 버텨줄지 모르겠군요."

"……."

"싸우기로 한 선택이 과연 옳았던……."

막빙도 장로의 말이 귀혼창에 의해 끊겼다.

"빙궁주님! 흑랑대주님! 이리 좀 와보십시오!"

좌측 성벽 위에 있던 귀혼창의 부름에 설강이 대꾸했다.

"왜 그러나?"

귀혼창이 손으로 한곳을 가리키며 말했다.

"드디어 등장하는군요. 아마 저것 때문에 후퇴령을 내린 것 같습니다."

흙먼지를 일으키며 질주해 오는 사람들.

초지명을 비롯해 몰려든 북해빙궁의 수뇌부는 쓴웃음을 깨물었다.

아직 거리가 있어 정체를 파악하기엔 무리였다. 그러나 모두 짐작했다.

배신한 방파의 무사들이다. 그리고 그들을 쫓는 척하는 적들.

모두 씁쓸한 표정으로 침묵하는 가운데, 그들은 점점 더 가깝게 다가왔다.

귀혼창이 말했다.

"섬마검 부관께서 미리 말해주어 다행입니다."

그의 말마따나 저들의 연기는 꽤나 그럴싸했다.

함성과 비명이 쩌렁쩌렁 울렸다. 병장기 부딪치는 소리도 허공을 두드렸다. 그리고 쓰러지는 이들도 있었다. 관태랑이 건네준 정보가 없었다면 분명 도우러 나갔을 것이다.

천산수사는 양쪽을 번갈아 보다가 이내 돌성에 시선을 고정시키고 중얼거렸다.

"흐음, 빙궁주. 당신은 결단의 순간에 무엇을 믿을까? 사람들은 말이오, 전해 들은 말보다 스스로 본 것을 믿는다오."

그의 말에 주변 장수들이 미소를 머금었다.

현음교주가 입을 열었다.

"우리도 슬슬 나가야 하지 않겠소? 그래야 빙궁주의 똥줄이 탈 테니까."

모두의 시선이 천산수사에게 집중됐다. 천산수사는 느긋한 표정으로 대꾸했다.

"잠시만 기다리시지요. 상황은 모름지기 극적일수록 좋은 겁니다."


쫓는 자 일천여 명, 쫓기는 자 팔백여 명.

쫓는 자의 수장은 흑천련의 한 방파인 적살방의 방주, 적소군(赤笑君)이었다. 그는 미간을 찌푸리며 낮게 외쳤다.

"제발 좀, 더 빨리 뛰라고. 더 다급하게 보여야 할 것 아닌가!"

그는 그렇게 말하며 선두에서 대도(大刀)를 휘둘렀다.

슈가아악!

그의 칼부림에 쫓기는 자들의 끄트머리에 있던 사내가 비명을 질러 댔다.

"으아아악!"

그는 적살방의 방도들이 건네주었던 피 주머니를 움켜 터트리며 쓰러졌다. 스스로의 연기에 만족하며.

"와아아아! 잡아라! 공격하라!"

잇따라 함성이 일었다. 그리고 쫓기는 자의 선두에서 한 노인이 내공을 담아 외쳤다.

"설강 형님! 도와주십시오! 형님을 도우러 오다가 기습을 받았소이다!"

그의 공력이 담긴 고함이 허공을 쩌렁쩌렁 울렸다.


천산수사는 만면에 가득 미소를 머금고 말했다.

"가시지요."

그의 말이 떨어지자 현음교주와 마불이 고개를 끄덕이며 명을 내렸다.

"본교는 나를 따라 저 지원군을 막아라!"

"소뇌음사의 저력을 보여주자!"

그들이 고함을 내지르며 뛰어나가자 그동안 쉬고 있었던 현음교도와 소뇌음사의 무승들이 뒤따라 달렸다.


돌성 위에서 지켜보던 설강과 북해빙궁 수뇌부의 안색

이 창백해졌다.

막빙도 장로가 침을 삼키고 말했다.

"저, 정말 싸우고 있지 않습니까? 그리고 정말로 죽고 있습니다!"

자신들의 형제 방파 소속의 무사들이 계속해서 쓰러져 나갔다. 특히나 설강과 의형제를 맺을 만큼 막역한 설천문(雪天門)의 문주가 간절하게 도움을 요청하는 소리는 모두를 안절부절못하게 만들었다.

설천문주는 북해빙궁의 많은 장수들과도 친했다.

설강이 주먹을 꾹 쥔 채 바라보다가 입을 열었다.

"흑랑대주."

지독하게 차가운 음성이다.

"예, 빙궁주."

"섬마검을…… 우리가 얼마나 믿을 수 있다고 생각하오?"

초지명이 한숨을 삼키고는 반문했다.

"직접 보니 흔들리십니까?"

"내 질문에 답해주시오."

초지명이 대꾸하기 전에 귀혼창이 답했다.

"제 목숨을 걸 수 있습니다."

설강은 서늘한 시선으로 귀혼창을 보다가 초지명에게 고개를 돌렸다.

"당신도?"

초지명은 한숨을 쉬고 답했다.

"섬마검은…… 믿을 수 있는 사람입니다."

"글쎄, 사람은 변하기 마련이지. 섬마검도 그러지 않을까? 천마검은 이제 죽었고, 소교주를 따르면 부귀영화를 누릴 수 있을 텐데?"

빙검대주가 끼어들었다.

"적이 설천문의 앞을 막기 위해 움직입니다."

북해빙궁 수뇌부의 머릿속엔 모두가 '혹시?' 하는 생각이 떠올랐다.

혹시 섬마검의 계략에 빠진 거라면?

그렇다면 자신들을 돕기 위해 목숨을 걸고 달려오는 동생 방파들을 외면하게 되는 것이다.

의심과 함께 초조함이 그들의 머릿속을 채우기 시작했다.

2

막빙도 장로가 발을 동동 구르며 외치듯 말했다.

"아무래도 섬마검에게 속은 것 같습니다! 보십시오, 선봉장인 섬마검은 지금 어디에도 없습니다! 옛 동료인 흑랑대주를 속인 것이 그래도 양심에 찔려 나타나지 않은 것 아닐까요?"

의혹이 거미줄처럼 번져 갔다.

귀혼창이 단호하게 말했다.

"제 목을 걸 수 있습니다. 섬마검은 결코 배신할 사람이 아닙니다."

막빙도 장로가 설강에게 외쳤다.

"궁주, 나가서 도와야 하오! 한 부대가 정문을 사수하고, 나머지는 저들을 도와 안으로 들이면 되오. 우릴 돕기 위해 오는 저들을 방치해 죽게 두면 설사 우리가 승리하더라도 어떻게 이곳에서 얼굴을 들고 다닐 수 있단 말이오! 궁주, 어서……."

설강이 손을 들어 막빙도 장로의 말을 제지했다.

"장로님, 저는 귀혼창과 흑랑대주를 믿어보겠습니다."

"……!"

"그리고 섬마검은 제가 한 번, 그것도 잠깐 봤지만…… 제가 보기에도 보통 사람은 아니었어요. 기왕 믿기로 한거, 끝까지 믿어봅시다."


천산수사는 남아 있는 천마신교와 삼혈곡, 그리고 혈왕문에게 성문을 공격할 준비를 하라 말하고는 돌성 위를 보았다. 그는 수염을 쓰다듬으며 키득거렸다.

"빙궁주, 나는 말이오, 당신이 눈에 보이는 것을 외면

할 만큼 대단하다고 믿지 않아요. 크흐흐흐."

막빙도 장로가 복잡한 심경이 담긴 눈으로 말했다.
"궁주, 정말 그렇게 확신하는 거요?"
설강은 한차례 심호흡을 하고는 미소를 머금었다.
"상황에 쫓겨 초조해지면 판단력이 흐려지기 쉽습니
다."
"……."
"찬찬히 보세요. 죽어가는 우리 형제 방파의 무사들
을."
"지금 그걸 말이라고 하시는 거요? 안타까운 장면을 즐
기라는……."
설강이 말을 끊었다.
"죽긴 죽는데, 모두 사지가 멀쩡해요. 몸이 잘라지는
녀석들이 아무도 없어요. 내가 본 것만 해도 스무 명이 넘
는데, 단 한 명도 없어요."
그의 말에 모두가 성 밖을 보았다. 이제는 칠십여 장
거리까지 접근한 그들.
그들 뒤로 곳곳에 시신이 널브러져 있었다.
안력이 높은 고수들부터 나직한 탄성을 흘려 댔다.
"아, 정말이구려."
"그렇습니다. 궁주님 말씀이 맞습니다."

설상아가 감탄한 기색으로 혀를 내둘렀다.

"와아! 아버지, 흑랑대주께서 아버지가 보통 분이 아니라고는 했지만, 이렇게……."

초지명과 귀혼창도 웃으며 고개를 주억거렸다.

안도의 미소를 회복한 그들은 적이 지원군으로 가장한 배신자들의 앞을 막아서도 흔들리지 않았다.

그리고 그들이 서로 교전을 벌이기 시작해도 차분하게 주시했다.

막빙도 장로가 감탄했다.

"궁주의 침착함이 없었다면 나는 지금쯤 뛰어나갔을 거요. 허허허."

그만큼 전투는 매우 치열하게 보였고, 그렇게 느껴졌다. 그사이 다시 설천문주가 도와달라는 호소를 해왔다.


천산수사는 돌성 위를 보며 어깨를 으쓱거렸다.

"대단하구려, 빙궁주. 섬마검의 얘기를 전해 들었다지만 여기까지 버틴 그대에게 경의를 표하리다. 하지만 연극이 사실로 변하면 어떻게 될까? 후후후."

그의 말이 떨어지고 잠시 후, 모든 것이 바뀌었다.

"으아아아악!"

사방에서 비명이 일었다. 현음교주가 갑자기 칼을 들어 앞에 있는 설천문 소문주의 목을 베어버린 것이다.

그것을 기점으로 학살이 시작되었다.

연기를 하고 있던 지원군은 천산수사의 흉계에 말려 대처할 시간도 없이 무너져 내렸다.

속은 걸 깨달은 자들은 이제 살기 위해 적과 격렬하게, 그리고 전력을 다해 싸웠다.

기실 그건 지금껏 싸워왔던 모습과 큰 차이가 없었다. 종종 팔다리가 잘려 나가거나 목이 날아가는 모습 만 빼면.

설천문주도 가슴을 베이고 뒤로 물러났다. 심장을 피해 목숨은 건졌지만, 중상이었다.

그는 부들부들 떨며 이를 갈았다. 동시에 탄식이 흘러나왔다.

기실 마교와 손을 잡은 건 북해빙궁을 지키기 위해서였다. 자신들까지 마교의 편을 들면, 아무리 자존심 센 설강 형님이라도 어쩔 수 없이 다시 흑천련 소속으로 돌아갈 것이라 생각했다.

그렇게 마교 소교주의 대리인인 철가면이 자신들을 설득했다. 이것을 거부하면 모조리 몰살시키겠다는 협박과 함께.

비록 설강 형님으로부터 혹독한 꾸짖음을 받겠지만, 그 형님을 잃는 것보다는 낫겠다고 생각했던 것이다.

설천문주는 눈물이 솟구치려는 것을 참았다. 자신은 눈

물을 흘릴 자격도 없기에. 그가 버럭 고함을 질렀다.

"싸워라아아! 한 놈이라도 더 저승으로 데리고 가자!"

천산수사는 즐거운 표정으로 중얼거렸다.

"힘없는 양은 어떤 선택을 하든지 결국 늑대 밥이 되고 말지. 그게 세상 이치라오, 설천문주. 흐흐흐."

그는 이제 북해빙궁의 성문을 주시했다.

곧 활짝 열릴 성문을.

돌성 위의 사람들이 얼어붙었다.

막빙도 장로가 부르르 떨며 말했다.

"연기가…… 아니었소."

설강의 눈에 핏발이 섰다. 그는 고개를 돌려 초지명과 귀혼창을 노려보았다.

"섬마검이 우리를……."

그는 분노에 휩싸여 말조차 제대로 잇지 못했다.

귀혼창은 충격에 빠져 고개를 흔들었다.

"그럴 리가…… 섬마검 부관께서 거짓 정보를 우리에게 줬을 리가……."

설강이 정문 뒤, 성안에서 대기하고 있던 수하들을 내려다보며 외쳤다.

"지원군을 구하러 간다! 모두 준비하라!"

육백에 가까운 이들이 고개를 숙이며 외쳤다.

"존명!"

그는 초지명과 귀혼창을 돌아보고 부들부들 떨며 말했다.

"당신들을 죽이고 싶지만…… 지금은 필요하니까. 당신들이…… 정문을 사수하시오. 내가 저들을 구해 올 때까지."

그 말을 끝으로 설강이 계단을 뛰어내렸다. 세 번의 도약으로 성 아래에 당도한 그는 아직 위에 있는 초지명과 귀혼창을 보고는 윽박질렀다.

"지금 뭐하는 건가! 당장 내려오라!"

귀혼창이 초지명을 보았다. 초지명은 고개를 끄덕이며 입을 열었다.

"내려가지."

그는 수하들에게 명을 전하고 성 아래로 내려섰다. 그러고는 성문을 직접 열고 선두로 나가려는 설강의 팔을 잡았다.

"빙궁주."

설강이 노해 외쳤다.

"한시가 급한 걸 모르는가! 놔라!"

"나는 섬마검을 믿습니다."

초지명의 말에 다가오던 귀혼창이 입술을 꾹 깨물었다.

설강은 잡히지 않은 팔로 초지명의 멱살을 움켜잡았다.

"지금 그걸 말이라고 하는 건가?"

"상황에 쫓겨 초조해지면 판단력이 흐려지기 쉽다. 방금 빙궁주께서 한 말입니다."

"……?"

"저는 북해빙궁의 전사들처럼 지원군과 가깝지 않아요. 그래서인지 미묘한 차이를 느낄 수 있었습니다."

"무슨 말인가?"

"계속 이어진 싸움이고, 함성과 고함이었습니다. 칼부림도 마찬가지고요. 하지만 살기가 한순간에 증폭했습니다."

설강이 어이없다는 표정으로 받아쳤다.

"그 거리에서 말인가?"

"전 느꼈습니다."

"지금 자네가 초절정의 경지라고 위세를 떠는 건가? 우리는 모르고, 자네만 느낄 수 있는 경지라고 거들먹거리면서까지 섬마검을 두둔하고 싶은 건가?"

초지명은 쓴웃음을 깨물었다. 그가 생각하기엔 설강도 느꼈으리라. 그러나…… 방금 전 설천문주의 외침 역시 진심이라 느꼈을 것이다.

한 놈이라도 더 데리고 저승에 가자는 절규.

그렇기에 설강은 지금 나갈 수밖에 없는 것이다.

초지명은 고개를 주억거리며 말을 받았다.

"설사 연기였다고 해도 이젠 사실로 변해 버렸으니……. 천산수사가 무서운 놈이긴 합니다."

"……."

"제가 다녀오겠습니다."

"……!"

"궁주님께서는 성문을 사수해 주십시오."

귀혼창이 고개를 주억거리며 결연하게 말했다.

"저 역시. 본대도 흑랑대와 함께 움직이겠습니다."

초지명이 자신의 멱을 아직도 잡고 있는 설강의 손을 부드럽게 잡고는 미소 지었다.

"궁주님께서 잡히거나 돌아가시면 싸움은 끝납니다. 그럴 수야 없지요. 우리가 구해 오겠습니다."

"……."

"만약 상황이 틀렸다 싶으면 들어가 정문을 닫으십시오."

*　　　　　*　　　　　*

"여기서 멈추지."

그 말과 함께 마차의 문이 열렸다.

딸깍.

열심히 말을 몰던 홍몽검은 화들짝 놀라며 고삐를 잡아
당겼다.

히이이힝.

네 마리의 한혈마가 거친 숨을 토해내며 멈춰 섰다. 전
설의 한혈마임에도 어지간히 지쳤는지 몸을 부르르 떨었
다.

홍몽검은 자신도 모르게 짜증을 냈다.

"빠르게 달리는 마차에서 갑자기 문을 열면 어쩌자는
겁니까?"

그는 고개를 뒤로 돌리다가 중간에 멈췄다. 언제 내렸
는지 바로 자신의 옆에 천마검이 서 있었다.

그는 호수 건너편, 아스라이 보이는 반산의 절벽을 보
며 말했다.

"여기부터는 내가 더 빨라."

그는 호수를 향해 걸어가기 시작했다. 홍몽검은 어이가
없다는 얼굴로 그의 등을 향해 말했다.

"헤엄 실력이 얼마나 좋은지 몰라도 호수를 돌아가는
게 더 빠를 겁니다. 게다가 이곳의 물은 지독하게 차갑습
니다."

백운회는 걸으면서 고개를 돌려 미소를 머금었다.

"수란…… 아니, 하오문주께 고맙다고 전해 주시오. 이
번 도움, 잊지 않지."

홍몽검은 어깨를 으쓱하고는 마부석에서 한쪽 발을 들어 다른 쪽 허벅지에 올렸다.

"그러지요. 그런데…… 하나만 여쭤도 되겠습니까?"

그는 백운회가 답하지도 않았는데 질문을 던졌다.

"저야 명이 떨어져서 충실히 따른 거긴 한데…… 정말 승산이 있다고 여기는 겁니까?"

백운회의 미소가 짙어졌다.

"당신도 고생했소. 만약 북해빙궁에 올 생각이 있다면 술 한잔 대접하리다."

홍몽검이 웃으며 손사래를 쳤다.

"하하하, 됐습니다. 저는 위험한 곳에는 절대 가지 않는다는 철칙을 가지고 있는 사람입죠. 사실 반산 근처까지만 가려고 했지, 북해빙궁까지 모실 생각은 손톱만큼도 없었습니다."

"강호에 사는 것 자체가 위험한 거요."

백운회의 말에 홍몽검은 고개를 끄덕이며 말을 받았다.

"뭐, 그건 그렇지요. 그래도 아주 위험한 곳과 훨씬 덜 위험한 곳이…… 어? 조심하십시오. 호수가 바로 앞에……."

홍몽검은 말을 잇지 못하고 눈을 부릅떴다. 그의 턱이 떨어지고 양 뺨이 부들부들 떨렸다. 하마터면 뒤로 자빠질 뻔했다.

철퍽, 철퍽.

천마검 백운회.

그가 호수 위를 걷고 있었다.

"드드드드…… 등평도수(登萍渡水)?"

물 위를 걷는다는 전설의 경신술.

그걸 직접 보게 되다니!

그것이 진짜 가능하다니!

꿈인가?

허벅지를 꼬집어보니 따끔한 통증이 일었다.

생시다!

몸에 전율이 관통하고 소름이 돋아났다.

물위를 걷던 천마검이 뛰기 시작했다. 그러더니 마치 뭍에서 경공술을 펼치는 것처럼 빨라졌고, 이내 한 줄기 바람이 되었다.

홍몽검은 자리를 박차고 벌떡 일어났다. 가진바 내공을 다 실어서, 있는 힘껏 빽! 소리를 질렀다.

"가겠습니다! 북해빙궁에 가겠습니다! 저 못 본 척하시면 안 됩니다!"

천마검은 어느새 넓은 호수를 건너 땅 위를 달렸다. 까마득하게 보이던 반산에 순식간에 다가들었다.

홍몽검은 멍하니 보다가 마치 실성한 것처럼 웃음을 터트렸다.

"하하하! 이런 멍청한! 날 만나기 전 나흘 동안 주파한 거리를 생각해 보면 이건 당연한 거잖아. 으아아아! 아무리 그래도 등평도수라니! 내 살아생전에 등평도수를 직접 보다니!"

그는 진저리를 치며 연신 외쳐 댔다.

"설마 허공을 걷는 천상제도 펼칠 수 있는 건 아니겠지? 하하하! 하여튼 대단하네. 와아! 소름이 가라앉질 않아."

그는 직감했다.

천마검 백운회.

그는 자신이 지금껏 불가능하다고 믿고 있는 싸움을 어쩌면 승리로 이끌지도 모른다는 예감이 들었다. 설사 패하더라도 분명 어마어마한 뒷얘기를 남기게 되리라.

위험한 곳엔 절대 가지 않는 게 철칙이다.

그러나 저런 엄청난 고수가 있는 곳이라면 어찌 흥미가 동하지 않겠는가.

죽을 때까지 두고두고 자랑할 얘기가 될 터인데.

그가 다시 빠르게 마차를 몰기 시작했다.

북해빙궁을 향해서.

\* \* \*

끼이이잉.

둔중한 소음이 일며 북해빙궁의 거대한 정문이 마침내 열리고, 천랑대와 흑랑대가 모습을 드러냈다.

천산수사가 박장대소하며 눈을 빛냈다.

그가 칼을 들어 천공을 찔렀다.

천마신교, 혈왕문, 삼혈곡을 향해 말했다.

"성문을 열어주었으니 안으로 들어가야 하지 않겠습니까? 하하하하!"

그의 칼이 떨어졌다.

그리고 세 문파의 고수들이 앞으로 걸었다.

여유로운 몸짓으로.

설사 궁지에 몰린 저들이 성문을 다시 닫더라도 밖으로 나온 전력은 몰살시킬 수 있다.

그럼 사실상 승부는 끝난 것이다. 북해빙궁만으로는 결코 자신들을 막을 수 없으니까!


선두로 나선 초지명과 귀혼창이 서로 눈을 마주 보고 싱긋 웃었다.

아마 마지막이 될 전투.

귀혼창이 먼저 말했다.

"후회 없이 끝내죠."

초지명은 설상아의 말을 떠올리며 대꾸했다.

"그래도 살아보도록 하지. 패배보다는 승리가 낫잖나?"

귀혼창이 의아한 표정을 지었다. 지금껏 보아온 초지명의 모습과 달랐으니까.

어쨌든 살기 위해 몸을 사리는 건 결코 아니었기에 귀혼창은 미소로 말을 받았다.

"물론 그럴 수 있다면 더할 나위 없겠지요. 놈들을 조금이라도 더 괴롭히는 것도 나쁘진 않죠."

초지명의 뒤에서 파룩이 맞장구를 쳤다.

"암요, 개똥밭에 굴러도 이승이 낫다고 하지 않습니까?"

그의 대구에 천랑대와 흑랑대의 무사들이 미소를 머금었다.

뭐랄까?

이상하게 두렵지 않았다.

북해빙궁에 들어오기 전에는 하루하루가 지옥이었다. 그런데 얼마간의 휴식을 취하면서 그런 감정들이 무뎌졌다.

이만하면 됐다는 생각이 들었다.

그리고 무엇보다…… 이제 다시는 그렇게 쫓기는 삶을 살고 싶지 않았다.

더 이상 그 지옥에서 동료들을 하나씩 잃고 싶지 않았다. 차라리 장렬하게 싸우다가 함께 이승을 떠나고 싶은 마음이었다.

귀혼창은 초지명과 나란히 걸으며 뒤따라오는 천랑대원들을 돌아보고 말했다.

"아주 오랜만에 외쳐 볼까?"

천랑대원들이 히죽 웃었다.

귀혼창이 외쳤다.

"자랑스러운 천랑대의 동료들이여!"

천랑대원들이 받았다.

"우리가 꿈꾸는 것을 위하여! 새로운 세상을 우리 힘으로 열리라!"

초지명도 질세라 고함쳤다.

"흑랑대 한 명의 목숨은!"

흑랑대원들도 목 놓아 소리 질렀다.

"열 배로 돌려받는다!"

그들이 뛰기 시작했다.

살기 위해서, 혹은 멋지게 죽기 위해서.

아니, 이제 그런 건 아무래도 좋았다.

자신의 심장은 이 순간 뛰고 있고, 그렇다면 죽어간 동료들과 옆에 숨 쉬고 있는 동료들을 위해 싸우리라.

3

배에서 내린 사람들은 저 멀리 보이는 아슈힐 산을 보며 숨을 들이켰다.

폭혈도가 아련한 눈빛으로 입을 열었다.

"저 산을 또 보게 될 줄은 몰랐군."

그는 추혼밀이 마중 나온 하오문 북방 분타의 사람들과 대화하는 것을 흘낏 보다가 하유에게 말을 건넸다.

"몸은 괜찮소?"

그의 물음에 하유가 도끼눈을 떴다.

지옥 훈련으로 만신창이를 만들어놓은 사람이 누군데 뻔뻔하게 그런 질문을 서슴없이 하다니.

"전혀요."

폭혈도가 빙그레 웃었다.

"누누이 말했지만, 다 피가 되고 살이 되는 거요."

"두 번만 피가 되고 살이 됐다가는 황천길 가야겠네요."

"크허허허, 농담하는 것을 보니 살 만한가 보오. 다행이오."

하유는 기가 막혀 입을 벌렸다가 쏘아붙였다.

"제 말이 농담으로 들려요?"

그녀 뒤에 있던 화선부 여인들이 하유에게 동조하며 원망과 원독에 찬 시선을 폭혈도에게 보냈다.

성질 같아서는 합심해서 죽기 직전까지 두들겨 패고 싶

었다.

하지만 초절정고수인 폭혈도를 누가 그렇게 만들 수 있겠는가. 이틀 전, 추혼밀이 반발했다가 비무를 핑계 삼아 먼지 나게 두들겨 맞는 것을 보았는지라 속으로 이만 갈 뿐이었다.

천마검의 수련은 힘들어도 그 잘생긴 얼굴 보는 낙이라도 있었다. 그러나 폭혈도의 서슬 퍼런 낯짝은 이제 꿈에 나올까 두려울 정도였다.

양쪽 눈에 시퍼렇게 멍이 든 추혼밀이 폭혈도에게 다가와 말했다.

"홍몽검 분타주는 오지 않았습니다."

폭혈도의 얼굴이 구겨지는 것을 본 추혼밀이 재빨리 뒷말을 이었다.

"천마검님을 모신다고……."

인상 쓰던 폭혈도의 표정이 언제 그랬냐는 듯이 펴졌다.

"아, 그렇소? 뭐, 어련히 알아서 하겠소."

"……."

"귀 문의 도움은 늘 고맙게 생각하고 있소."

추혼밀은 속에서 울분이 욱하고 치밀었다. 고맙게 생각하고 있으면 그만큼 대접을 해줘야 하는 것 아닌가.

말만 존대지, 실상은 수하 부리듯 하는 놈이!

폭혈도는 북해빙궁이 있는 방향을 바라보며 중얼거리듯이 말했다.

"늦지 않으셔야 할 텐데."

그는 근심스러운 기색으로 바라보다가 추혼밀에게 말했다.

"그럼 우리도 어서 떠납시다."

"예. 준비해 둔 마차에……."

"아니, 생각보다 빨리 도착했으니 뜁시다."

마차를 향해 이동하던 하오문과 화선부 사람들의 동작이 동시에 얼어붙었다.

배에서의 수련을 조금이라도 빨리 끝내기 위해 자청해서 노까지 저었다. 한시라도 빨리 도착해 마차에서 쉬고 싶었으니까.

그 꿈이 뭉개지는 소리가 머릿속에서 천둥처럼 울렸다.

하유가 한차례 진저리를 치고는 입을 열었다.

"하오문에서 준비한 마차가 열다섯 대예요. 성의를 봐서라도 타는 게 예의죠. 천마검님도 이 자리에 계셨다면 분명 탔을 거예요."

추혼밀이 격하게 동의했다.

"그렇습니다. 이걸 거절하면 본문의 문주님 입장이 어떻게 되겠습니까?"

모두가 이번만큼은 양보하지 않겠다는 듯이 폭혈도를

노려보았다.

폭혈도는 그 시선을 받으며 피식 웃었다.

"그럼 그렇게 합시다. 나도 휴식이 필요하니까."

그 말에 사람들이 당황했다. 곰곰이 생각해 보니 힘든 건 폭혈도도 마찬가지겠단 생각이 들었다.

그는 혼자지만, 자신들은 육십여 명이다.

특히나 하루 세 번씩 행해진 비무는 그에겐 백팔십 번이나 되는 것이었다.

그는 마차로 걸으며 말을 이었다.

"어쩌면 지금 천랑대나 흑랑대는 죽을 만큼 힘든 전투를 벌이고 있을지도 모르오. 그러니까 나만 편할 수는 없다는 생각에 조금 무리를 했소. 인정하리다."

"……"

"하지만 꼭 그 이유 때문만은 아니었소. 당신들과 정이 들었거든. 그래서…… 당신들이 죽지 않았으면 좋겠소."

"……"

"어찌 됐든 당신들은 우리와 당분간 함께 지내게 될 거고, 수많은 싸움을 하게 될 거요. 모두가 끝까지 살아남았으면 좋겠소. 그래서 내가 과했소. 미안하오."

추혼밀이나 하유는 순간 울컥했다. 하오문도와 화선부 여인들도 콧날이 찡해졌다.

하유가 물었다.

"우리가 정말 강해지고 있는 건 맞나요?"

사실 자신들은 전신이 뻐근하고 욱신거려서 몸 상태가 말이 아니었다. 그러다 보니 오히려 제 수준을 정확하게 가늠할 수가 없었다.

폭혈도가 멈춰 서서 뒤를 돌아보며 피식 웃었다. 그러더니 갑자기 주먹을 쭉 내질렀다.

"헉!"

하유는 헛바람을 토해내며 고개를 옆으로 뺐다.

아슬아슬하게 폭혈도의 주먹이 허공을 갈랐다.

"지, 지금 뭐하는 거예요? 경고도 없이!"

폭혈도가 미소로 답했다.

"배를 탄 셋째 날, 우리 대주님께서 당신에게 뻗었던 권격과 거의 비슷한 속도요."

"……!"

"그때는 미리 예고도 했는데 당신은 피하지 못했소. 그런데 지금은 기습했는데도 피했소. 몸 상태가 최악인데도 말이지."

"아!"

하유는 자신도 모르게 탄성을 뱉고는 이를 악물었다가 말했다.

"뛰겠어요."

순간, 쏟아지는 화선부 여인들의 살기.

그러나 하유는 등허리를 꼿꼿이 펴고 폭혈도에게 다시 말했다.

"뛰겠어요."

폭혈도는 그녀의 까만 눈을 지그시 바라보다가 묘한 미소를 머금었다.

"됐소."

"조금 전에 뛰라고 했잖아요?"

"실은 농담이었소. 그냥 당신들의 각오를 확인해 보고 싶었을 뿐."

하유가 기가 막힌다는 표정을 짓자 폭혈도가 말을 이었다.

"그리고…… 내가 정말 피곤하오."

"……."

"아슈힐 산에서 내가 해야 할 일이 있잖소. 어쩌면 나 혼자 수백의 고수들과 싸워야 할지도. 그러니 조금이라도 쉬어두는 것이 좋겠소."

사람들은 이런 폭혈도를 속으로 계속 욕해왔던 자신들이 부끄러워졌다.

폭혈도는 마차에 타고는 창을 통해 북해빙궁이 있는 방향을 다시 보았다.

"부디 무사하길."

선두 마차에 탄 추혼밀이 외쳤다.

"서둘러 주시오! 아슈힐 산으로!"

✱　　　　✱　　　　✱

"으아아아합!"

기합성과 함께 청룡극이 허공을 갈랐다.

쩌어어엉!

현음교주의 칼이 청룡극을 튕겨내며 시퍼런 불똥을 사방에 뿌렸다. 그의 신형이 흔들리자 주변의 사령호법 세 명이 초지명에게 달려들었다.

쇄애애액.

파아아앗!

소름 끼치는 파공성과 함께 도검이 초지명을 향해 파고들었다.

초지명은 이를 악물었다.

자신이 밀려 버리면 전선의 균형이 깨진다.

쩌쩌어어엉!

그의 청룡극이 번개같이 움직여 세 개의 도검을 후려쳤다. 현음교주가 혀를 내두르며 살기가 번지르르한 눈을 빛냈다.

"생각보다 더 대단하구나! 그러나 넌 오늘 여기에서 죽는다!"

그의 칼에서 시뻘건 검기 수십여 개가 뿜어져 나왔다.

파파파파팟!

검기들이 초지명의 육체를 강타했다. 초지명은 부르르 떨면서 요혈을 노리는 검기만 흩트렸다. 다 쳐내고 싶었지만, 현음교 사령호법들의 견제로 몸을 크게 움직일 수가 없었다.

꽤 아물었다 싶은 옆구리가 시큰거렸다.

슈슈슈슈슈.

사령호법 하나가 품속에서 척전(擲箭)을 꺼내 던졌다.

손으로 던지는 소형 화살.

갑작스러운 암기 공격에 초지명은 청룡극을 비스듬히 기울이며 튕겨냈다. 그 찰나의 틈을 현음교주가 파고들었다.

쇄애애액.

맹렬하게 들이닥치는 검풍이 눈을 뜨기 어렵게 만들었다.

쩌어어엉!

그 충돌의 순간, 양옆에서 사령호법들이 초지명의 허리를 칼로 쓸었다.

"크윽."

전선을 지키기 위해 뒤로 물러날 수 없는 초지명은 신음을 삼키며 오히려 발을 앞으로 내디뎠다.

쨍쨍!

도검을 막는 순간, 현음교주의 장력이 초지명의 가슴을 강타했다.

퍼어어엉!

척전을 던진 사령호법이 기회를 놓칠세라 달려들었다. 옆으로 기울던 초지명의 눈이 찰나 빛났다.

부우우웅.

무서운 속도로, 그리고 생각지도 못한 방향으로 청룡극이 날았다.

우드드득!

뼈가 부서지는 소리와 함께 사령호법이 비명을 질렀다.

"끄아아악!"

초지명은 올라오는 핏물을 삼키고는 격한 호흡을 터트렸다.

"하아아, 하아아……. 내 뒤로는 아무도 갈 수 없다."

현음교주가 치를 떨었다.

현흑장에 가슴을 적중당했다. 어지간한 놈이라면 그대로 실신해야 맞다. 그런데도 놈은 버텼고, 그걸 오히려 기회로 삼아 사령호법을 죽인 것이다.

어제 쌍도유혼에 이어 자신이 아끼는 측근 고수를 벌써 두 명이나 잃었다.

"흑랑대주, 네놈은 편히 죽지 못할 것이다. 사지를 갈 가리 찢어 죽일 게야!"

현음교주와 두 사령호법이 다시 초지명을 향해 쏘아져 들어갔다.


돌성 정문의 성루에 서 있는 설상아는 하얗게 질린 얼굴로 전투를 지켜보았다.

아버지와 북해의 전사들은 성문으로 들어오려는 적과 치열히 교전 중이었다.

자신이 있는 바로 밑이다.

그렇게 지척에서 함께 자라온 북해 전사들이 속속 죽어 나갔다. 자신들은 얼마 전까지 사력을 다해 싸웠고, 저들은 휴식을 취했다.

그리고 분해서 인정하고 싶지는 않지만…… 적이 더 고강했다.

설강의 절규 같은 고함이 연신 터져 나왔다.

"으아아아아! 이놈들아! 다 죽여주마아아아아!"

그의 손에서 뿜어지는 새하얀 장력들이 사위를 수놓았다. 그 빛이 점점 흐려지는 것은 내공이 점차 바닥을 향해 달려가고 있다는 뜻이었다.

시선을 조금 이동하면 불과 십여 장 거리에서 천랑대와 흑랑대가 적들과 치열한 교전을 벌이고 있었다.

설천문을 비롯한 형제 방파들 팔백여 명은 이제 삼백도

채 남지 않았다. 만약 천랑대와 흑랑대의 도움이 없었더라면 진즉 몰살당했을 것이다. 그들 덕분에 육십여 장의 거리를 이동해 근처까지 온 것이다.

그녀는 이를 악물고 곁에 있는 막빙도 장로에게 말했다.

"저도 내려가겠어요."

막빙도 장로가 침중한 얼굴로 대꾸했다.

"너는 언젠가 본 궁을 이끌어갈 소궁주. 네 자리는 이곳이다. 자리를 지켜라."

"다 죽는다고요!"

"이제 십여 장만 오면 된다."

십여 장.

그 거리가 이렇게 멀 수 있다는 것을 사람들은 새삼 깨달았다.

마음 같아서는 모두들 밖으로 나가 싸우고 싶었다. 그러나 최초에 돌격했던 대나무와 사다리 부대가 호시탐탐 기회를 노리고 있었다.

설상아는 결국 눈물을 쏟아내며 말했다.

"그깟 궁주 자리 필요 없어요."

막빙도 장로가 호되게 질책했다.

"지금의 궁주님께서도 너와 같은 경험을 하셨다. 지켜보는 것도 중요한 일이야. 네가 그 자리에서 중심을 잡지 못하면 많은 이들이 더 흔들린다는 것을 왜 모르느냐!"

"하지만……."

"내가 내려가겠다."

설상아가 뭐라 대꾸하기도 전에 막빙도 장로가 성벽을 뛰어내렸다.

설상아는 코앞의 싸움에서 초지명에게로 시선을 옮겼다.

금방이라도 쓰러질 것 같았다.

천랑대와 흑랑대는 부대의 최고수들이 전선보다 몇 걸음씩 앞으로 나와 격렬한 접전을 벌였다. 부상당한 동료와 수하들, 그리고 설천문을 비롯한 지원 방파들을 조금이라도 편하게 해주기 위해서였다.

뭐랄까…….

부상자가 속출하고 있지만, 그래도 사망자는 거의 없었다. 전선의 곳곳에서 몇 걸음씩 앞에 나와 싸우는 고수들 덕분이었다. 그들이 부상을 입으면 뒤로 빨리 빼냈다.

하지만…… 그래서 더욱 위태로웠다.

버팀목이 되고 있는 핵심 고수들 중 한둘이 쓰러지면 마치 모래성처럼 와르르 무너질 수 있는, 위험한 전술이었다.

그들은…… 죽어도 함께 죽자는 극단적인 선택을 하고 있는 것이었다.

*　　　　*　　　　*

　반산의 정상에는 두 명의 사내가 있었다.

　혹시나 절벽을 타고 오르는 적이 있을 경우에 대비한 파수병이었다.

　그들은 가슴을 부여잡은 채 성벽 앞에서 펼쳐지고 있는 전투를 보고 있었다.

　한 사내가 비통한 어조로 말했다.

　"틀린 것 같군. 하루도 버티지 못할 줄이야."

　다른 사내가 울분 가득한 얼굴로 대꾸했다.

　"차라리 우리도 내려가 싸우세. 한 손이라도 거들어야지."

　둘의 눈이 마주쳤다. 그리고 동시에 고개를 끄덕였다.

　그들은 마지막으로 고개를 돌려 절벽을 살폈다. 그리고 한 사내가 궁으로 내려가다가 멈추고는 고개를 갸웃거렸다.

　"자, 잠깐만."

　벌써 내려가기 시작한 사내가 눈살을 찌푸리며 대꾸했다.

　"겁나는가? 그럼 자네는 여기에 있게."

　"그, 그게 아니라…… 자네, 혹시 이상한 것 못 봤나?"

"무슨 말인가?"

"그게……."

그는 말을 흐리며 절벽 가에 붙었다. 그러더니 찢어질 듯 눈을 크게 치켜떴다.

"마, 맙소사, 저, 저게 뭐야?"

그의 목소리가 심상치 않아서였을까? 내려가던 사내가 급히 돌아왔다.

"대체 뭘 봤기에……."

그도 말문을 잃어버렸다.

한 사내가 절벽을 뛰어오고 있었다.

둘은 손으로 자신의 눈을 비볐다. 서로 마주 보고 다시 아래를 보았다.

아까 절벽 중간에 있던 사내가 어느새 지척까지 다가와 있었다.

"허억!"

"헉!"

그리고 마침내 자신들을 경악하게 만든 사내가 반산의 정상에 올랐다.

그는 차분하게 호흡을 고르며 산 아래를 내려다보았다.

백운회는 다시 발을 앞으로 내디뎠다. 그를 향해 두 사내가 거의 동시에 물었다.

"귀, 귀신? 신선?"

"누, 누구요?"

그러나 이미 그는 마치 날 듯이 산을 뛰어 내려갔다. 한 번 도약할 때마다 무려 십여 장의 거리가 줄었다.


설상아는 부르르 떨며 고개를 저었다.

틀렸다.

전투의 승패는 고사하고, 자신이 버틸 수가 없었다.

그녀는 곁에 있는, 팔과 종아리의 깊은 부상으로 싸울 수 없는 빙검대 일조장, 공허수를 향해 말했다.

"공 조장님께서 제 자리를 지켜주세요."

공허수는 이를 악물고 고개를 저었다.

"아까 막빙도 장로님께서 하신 말씀을 기억하십시오. 소궁주께서 있어야 할 자리는 이곳입니다."

"이렇게 멍청하게 서 있는 자리가 뭐라고요?"

"소궁주께서 자리를 비우시면……."

그는 손으로 한곳을 가리켰다.

대나무와 사다리를 가지고 지켜보는 자들.

"저들까지 달려들 겁니다."

"오라고 해요! 공 조장님이 지시를 내리면 되잖아요."

"자리란 괜히 있는 게 아닙니다. 그건……."

그는 말을 잇지 못했다. 그의 왼쪽으로 일 장여 지점에서 굉음이 일었기에.

콰아아앙!

성벽 위에 있던 이들이 화들짝 놀라며 소리의 진원지를 보았다.

하늘에서 뭔가가 뚝 떨어졌다.

문제는 그 뭔가가 사람이라는 것이었다.

설상아가 숨을 들이켰다가 부지불식간에 외쳤다.

"누, 누구?"

공허수의 눈이 화등잔만 해졌다. 그는 사 년 전에 천마검을 직접 보았다. 하지만 믿겨지지가 않았다.

"처, 천마검?"

그의 외침에 설상아도 눈을 부릅떴다.

설상아는 그의 용모파기를 지니고 있진 않았지만, 중원 무림에서 여러 번 본 적이 있었다.

무엇보다 그의 오른쪽 뺨의 눈 밑에서 턱까지 내려가는 검상은 특히 인상적이었는데, 이 사내가 그랬다.

"저, 정말 천마검이신가요?"

순간, 그의 신형이 허공을 날았다.


귀혼창은 적살방주 적소군과 그의 두 호위와 치열하게 싸우고 있었다. 그의 창이 세 고수를 끊임없이 견제했다. 그런데 적살방의 부방주가 합류하면서 상황이 빠르게 악화됐다.

쇄애애액.

쩡, 쩡쩡쩡!

파앗!

귀혼창은 순간 눈앞이 아찔해졌다. 부방주의 연격을 받아내다가 적소군의 기습에 당한 것이다.

적소군의 대도가 귀혼창의 허벅지를 찢었다.

"크윽."

귀혼창은 어금니를 악물며 창을 휘둘렀다.

천만다행으로 상처가 깊진 않다. 그러나 통증이 심했다. 더욱 큰 문제는 하체의 부상이 몸 전체의 균형을 깨트리기 쉽다는 점이었다. 그건 고수들 간의 대결에서 치명적인 약점이 되기 마련이다. 차라리 상체에 더 깊은 부상을 입었더라면.

"네놈들이 아무리 지랄해도 내가 물러날 거라고 생각했다면 오산이다."

귀혼창이 으르렁거리자 적소군이 키득거렸다. 적살방의 부방주가 적소군을 향해 말하며 귀혼창에게 다가들었다. 그에 맞춰 방주의 두 호위도 보조를 맞췄다.

"방주님, 귀혼창은 제가 잡을 테니, 잠시 쉬셔도……."

슈흐흐흐각!

문득 파공성인 듯 그렇지 않은 듯 애매모호한 소리가 들렸다. 그리고 귀혼창 앞에 한 사내가 하늘에서 뚝 떨어졌다.

아니, 어찌 보면 갑자기 그 자리에 나타난 것 같기도 했다.

주변의 무사들이 기이한 느낌을 받으며 본능적으로 일단 뒤로 발을 물렸다.

그리고 적살방 부방주와 방주의 두 호위가 멍하니 서 있다가 힘없이 허물어졌다. 땅에 떨어진 그들의 목이 바닥을 데구루루 굴렀다.

"……!"

"……!"

주변에 있던 이들은 적이고 아군이고 할 것 없이 일제히 숨을 들이켰다. 그들이 정신을 채 차리기도 전에 천마검이 칼을 좌우로 휘둘렀다.

그러자 그 칼에서 거대한 강기가 뿜어져 나와 땅을 헤집으며 달렸다.

콰콰콰콰콰콰아아앙!

족히 일 척은 될 듯한 깊이의 고랑이 길게 파였다. 그것은 절묘하게도 적과 아군이 싸우는 전선을 갈라놓았다.

몇몇의 적살방도가 미처 피하지 못하고 강기에 휘말려 비명과 함께 나가떨어졌다.

절대고수나 되어야 펼칠 수 있는 엄청난 무위에 전장의 소음이 한순간 멎었다. 모두가 싸움을 멈추고 이 상황을 만든 인물을 파악하기 위해 고개를 돌렸다.

그 와중에 귀혼창은 자신의 앞에 있는 등을 보고 손을 덜덜 떨었다. 눈가가, 양 뺨이, 그리고 입술이 경련을 일으켰다.

그리고 이내 그의 눈에서 습막이 차올랐다. 가슴이 먹먹해 심장이 콱 조이는 듯했다.

그가 한쪽 무릎을 꿇고 말했다.

"충(忠)! 대주…… 대주님을…… 뵙습니다."

백운회가 천천히 몸을 돌렸다.

그의 얼굴을 본 천랑대원들도 귀혼창처럼 온몸을 부르르 떨기 시작했다. 어떤 이는 손으로 입을 틀어막았고, 누구는 입을 쩍 벌렸다.

백운회는 그들을 천천히 훑었다. 그 순간, 적살방도 중 한 명이 기회라 생각하고 창을 던졌다.

쇄애액.

창이 백운회의 등을 향해 날았다. 적지 않은 이들이 당황해 소리를 지르려는데, 백운회가 손을 뒤로 향했다.

그러자 짓쳐 들던 창의 속도가 급격하게 줄어들었다. 그리고 종내에는 백운회의 손에 창끝이 잡혔다.

파직.

창날이 바스라졌다.

백운회는 그 와중에도 떨고 있는 천랑대원들과 하나하

나 눈을 마주쳤다. 눈이 마주치는 이들마다 한쪽 무릎을 꿇으며 고개를 숙였다. 지척에 적이 있다는 것을 망각한 것처럼. 그들 모두의 어깨가 격렬하게 들썩였다.

백운회는 고개를 옆으로 돌려 초지명을 보았다.

초지명은 불신의 기색이 섞인 환한 웃음으로 고개를 숙였다.

"오랜만입니다, 천랑대주님. 정말…… 정말 반갑습니다."

백운회는 미소로 고개를 끄덕이고 다시 천랑대원들을 보았다.

그의 입술이 열리며 목이 잠긴 듯한 목소리가 흘러나왔다.

"버텨주어서 고맙다."

그 순간, 꾹꾹 울음을 참던 천랑대원들이 일제히 눈물을 쏟아냈다.

## 4

수천의 무사들이 생사를 다투는 전장.

그 치열한 격돌이 단 한 명의 출현으로 멎었다.

성루 위의 설상아는 그 광경에 소름이 돋았다.

천랑대는 전투 중이란 것조차 잊고 부복해 눈물을 쏟아

냈다. 때문에 지금껏 보호 받던 설천문과 형제 방파들이 대신 적을 경계했다.

흑랑대는 환호했고, 빙궁주 설강은 언제 밀렸냐는 듯이 기세등등해졌다.

어디 그뿐이랴.

성벽 위에 있던 북해빙궁의 전사들도 상기된 얼굴로 병장기를 힘껏 고쳐 잡았다.

반면, 적은 충격에 빠져서 아직 자신들이 훨씬 유리함에도 불구하고 공격하지 못하고 있었다.

단지 죽었다고 생각한 사람이 살아 있어서가 아니다.

그 사람이 천마검 백운회였기 때문이다.

천마검은 마교도에게 살아 있는 전설이라 불리던 인물이다. 사상 최초로 새외의 거대 방파들을 흑천련이란 하나의 단체로 묶은 인물.

천마신교와 흑천련, 그리고 새외의 무수한 군소 방파들에게 천마검은 경외(敬畏), 그 자체였다.

그 사람이 부활한 것이다.


백운회는 슬픈 눈으로 천랑대원들을 보며 한숨을 삼켰다. 모두가 피투성이였다.

그는 수하들에게 성으로 돌아가란 명을 내리려다가 입술을 깨물었다. 눈물을 훔치며 자신을 바라보는 강렬한 눈빛들.

백운회의 입이 열렸다.

"퇴로를 열어주마. 부상자들은……."

귀혼창이 결연한 음성으로 입을 열었다.

"함께 싸우겠습니다."

천랑대원들이 귀혼창의 말을 받았다.

"함께 싸우겠습니다!"

그리고 천랑대의 막내, 자운이 외쳤다.

"지난 일 년 동안 매일 밤 꿈꿨습니다. 다시 대주님의 등을 따라 돌격하는 순간을."

백운회는 자운을 보았다.

이제 열아홉.

막내 주제에 청성파의 장운 장문인에게 달려들던 무모한 녀석. 얼굴에 남아 있던 앳된 구석은 이제 찾아볼 수 없었다.

왼손으로 부상당한 오른팔을 잡고 있는 모습이 눈에 밟혔다.

순간, 백운회의 등을 향해 수십여 개의 염주 알이 빛살처럼 폭사했다.

소뇌음사의 마불 부주지.

이곳에 있는 모두가 천마검이 얼마나 강한지 알고 있다. 무적(無敵)이라는 말이 그만큼 어울리는 인물은 없으니까. 그러나 마불만큼은 몰랐다.

마불은 사천성 용락산에서 똑똑히 보았다.

당시 천마검의 가슴이 비수로 꿰뚫리고 독에 당했었다.

그런 최악의 상태에서도 마교주 뇌황과 마풍단의 고수들을 농락한 괴물.

그 괴물이 수하들과의 해후로 잠깐 감상에 빠진 이 호기를 놓쳤다가는 천추의 한이 될 수 있음을 마불은 잘 알고 있었다.

그렇기에 그는 수하들의 뒤로 조용히 돌아서 천마검과 가장 가깝게 대치하고 있는 적살방주 뒤로 접근했다. 그러고는 있는 대로 내공을 끌어 올리고 끌어 올려서 기습했던 것이다.

퍼퍼퍼퍼퍼퍼억!

수십여 개의 염주가 백운회의 등에 박히는 소리가 사위를 섬뜩하게 울렸다. 천랑대원들이 벌떡 일어섰고, 동시에 마불의 광소가 터졌다.

"크하하하! 멍청한! 전장에서 한눈을 판 대가가 얼마나 무서운지……."

하지만 곧 그의 목소리가 잦아들었다.

자신의 염주 알이 천마검의 몸속으로 파고들지 못하고 맥없이 떨어져 내리는 광경에.

설사 초절정 혹은 절대고수가 펼치는 호신강기를 둘렀

다고 하더라도 방금의 기습은 성공할 것이라고 확신했다. 그만큼 내공을 바닥까지 박박 긁어서 펼친 회심의 한 수였다.

그런데 천마검이 입고 있는 옷은 숭숭 구멍이 뚫렸을지언정 그 구멍 사이로 비치는 육신은 멀쩡했다.

전장에 일던 술렁거림조차 사라지고, 정적이 찾아들었다.

방금 마불의 기습이 얼마나 무서운 것인지, 그가 얼마나 전력을 다했는지 모두가 알고 있었다. 왜냐하면 마불이 던진 염주 알이 천마검의 등에 충돌했을 때야 그가 기습했다는 것을 알았으니까.

백운회는 몸을 돌려 손을 뻗었다. 그러자 바닥에 떨어졌던 수십여 개의 염주 알이 서서히 허공으로 떠올랐다.

격공섭물(隔空攝物).

백운회가 싱긋 웃고는 마불을 직시했다.

"마불, 일 년 만이군."

"어, 어떻게?"

마불의 머릿속이 곤죽이 되었다.

금강불괴인가? 아니면…… 설마?

그는 얼핏 뇌리를 스친 그 말을 차마 입 밖에 내지 못했다. 그 단어를 뱉는 순간, 아군의 사기는 땅으로 처박힐 테니까.

백운회의 눈에 기광이 일었다. 그는 여전히 웃는 얼굴로 고개를 끄덕였다.

"그래, 네놈이 생각하는 게 맞아."

"……."

모두가 백운회를 주시했다. 아니, 그의 입에서 나올 다음 말을.

"마신지경(魔神之境)."

"마, 말도 안 돼. 그, 그건 그냥 꿈일 뿐이야."

허공에 떠 있던 염주 알들이 백운회의 손안으로 빨려들었다. 그리고 그의 시선이 움직였다.

사람들을 뚫고 그의 눈길이 닿은 곳에는 혈왕문주가 있었다.

혈왕문주는 창백해진 얼굴로 말했다.

"죽은 줄 알았네."

"선택은?"

밑도 끝도 없는 질문.

혈왕문주는 주변을 흘낏 훑고는 피식 웃었다.

천마검이 부활했지만, 이 전장은 여전히 북해빙궁 쪽에 불리하다. 또한 마신의 경지라는 건 믿기 어렵다.

아무도 가본 적이 없는 이상향에 가깝기에.

그래도…… 그는 천마검이다.

혈왕문주는 어깨를 들썩거리며 한숨을 뱉고는 외쳤다.

"들어라! 본 문은 이 시간부로 전투에서 빠진다!"

"……!"

모두가 놀랐다.

뒤에서 지켜보던 천산수사가 저주를 퍼부었다.

"감히, 본 교에 대항하겠다는 건가?"

함께 싸우던 삼혈곡의 부곡주도 경악했다.

"혈왕문주님, 그 무슨 말씀입니까? 힘을 합쳐 천마검을 죽이면 큰 공을 세우게 되는 겁니다!"

그러나 혈왕문주는 방금 전까지 아군이었던 이들의 경고와 회유를 무시하며 제 수하들을 속히 옆으로 이동시켰다.

백운회는 고개를 돌려 귀혼창과 천랑대를 훑었다.

"백을 세라."

"……?"

"그리고 나를 따라 공격한다."

천랑대원들의 눈이 빛났다. 마침내 꿈꿔왔던 순간이다.

백운회는 초지명에게 시선을 던지고 말했다.

"공격이오."

초지명 역시 미소로 고개를 끄덕였다.

"알겠습니다."

"일백을 세고."

만약 다른 사람이 이런 말을 했다면 전장에서 무슨 장

난질이냐고 되물었을 것이다. 그러나 천마검이 하는 말이었다.

백운회는 설강에게도 똑같은 말을 하고 성루를 보았다. 성루에서 커다란 북을 치는 두 사내.

"북을 쳐라."

중년인과 청년이 홀린 듯 북채를 움직였다.

둥, 둥, 둥, 둥, 둥.

그리고 천마검 백운회, 그가 발을 뗐다. 동시에 그의 손에 있던 염주 알들이 사방으로 뿌려졌다.

파아아아앗!

"으아아아악!"

백운회의 전면에 있던 이들이 비명을 지르며 고꾸라졌다.

마불과 적소군은 급히 장력을 뻗어내 염주 알을 튕겼다. 그 순간, 백운회가 그들 앞에서 검을 휘둘렀다.

슈가가각!

허공을 찢는 파공성.

마불은 석장으로, 적소군은 칼로 백운회의 검을 막았다.

파직! 쩡!

백운회의 검이 마불의 석장을 쪼개고 적소군의 칼과 충돌하며 멈췄다.

스르르릅.

칼을 타고 흐르다가 뻗는 검.

적소군은 기함했다.

천마검의 칼이 마치 엿가락처럼 늘어나는 것이 아닌가.

"컥!"

적소군은 신음을 흘리며 무릎을 꿇었다. 배에 박힌 칼이 내부를 갈기갈기 찢었다. 그는 죽는 순간 깨달았다.

천마검의 칼이 늘어난 것이 아님.

이기어검술(以氣馭劍術)이었다.

주인의 손을 떠난 칼이 주인의 의지대로 움직인다는 희대의 경지.

마불은 전력을 다한 석장이 허망하게 갈라지자 찰나 몸의 중심을 잃었다. 그가 옆으로 기우뚱하는 몸을 곧추 세우는 순간, 적살방주가 죽어 고꾸라졌다.

"으으윽."

마불은 터져 나오는 비명을 삼키며 뒤로 몸을 날렸다. 그러나 적소군을 죽인 천마검의 신형이 그대로 붕 떠서 마불을 덮쳤다.

마불은 앞으로 손을 뻗었다. 그의 손에서 장력이 뻗어나가 천마검을 강타했다.

파아아아앙!

묵직한 타격성.

마불의 눈에 이채가 스쳤다.

물러날 시간을 벌려는 의도로 내뻗었던 장력에 천마검이 정통으로 맞은 것이다.

그러나 백운회는 아무 일 없었다는 듯이 그대로 쇄도했다.

쇄애액.

백운회의 주먹이 마불의 얼굴을 후려쳤다.

콰직.

"크억!"

마불의 얼굴이 옆으로 돌아가며 벌어진 입에서 부러진 이가 몇 개 튀어나왔다. 동시에 턱이 깨졌다.

마불은 죽을 것 같은 고통 속에서도 주먹을 뻗었다.

그 주먹을 백운회의 손이 잡고 비틀며 밀었다.

"끄아아아악!"

마불의 잇새로 비명이 터져 나왔다. 그의 팔꿈치가 부러지고, 피 묻은 허연 팔뼈가 살을 뚫고 나왔다.

퍼어억!

백운회의 검파가 마불의 턱을 올려 쳤다. 마불은 비명도 지르지 못하고 허공으로 떠오르다 떨어졌고, 그곳엔 백운회가 있었다.

으드득.

마불의 등허리가 백운회의 허벅지 위에서 절단 났다.

"사, 살려…….."

마불은 상상조차 할 수 없는 끔찍한 고통에 아무런 생각도 할 수 없었다.

투툭.

그의 목이 옆으로 뒤틀리고 꺾이며 숨이 멎었다.

달려들던 적들이 아연한 얼굴로 멈춰 섰다.

눈 깜짝할 사이에 두 명의 수장이 황천길로 떠나 버린 것이다. 멀리 뒤에 있는 천산수사는 아직 무슨 일이 벌어졌는지도 모르고 천마검을 죽이라는 소리만 질러 댔다.

백운회는 멈춘 적을 향해 돌진했다.

한 명의 남자.

그가 움직이는 방향에 있는 수백이 찔끔했다. 자신도 모르게 발이 뒤로 물러났다. 그 적들 속으로 백운회가 파고들었다.

슈카카카캉!

그의 검이 수많은 도검들을 쳐냈다. 사방으로 시퍼런 불똥이 튀고 피분수가 솟구쳤다.

쇄애애액.

백운회의 검첨에서는 쉬지 않고 검기와 강기가 뒤섞여 뿌려졌다.

"으아아아악!"

"미, 미친! 허어억! 피, 피하지 마라! 싸워라!"

피하면 전열이 깨진다. 전열이 깨지고 혼돈이 찾아오면 동료들끼리 짓밟는, 어처구니없는 사태가 도래할 수 있다. 그걸 아는 간부들이 악박질렀다.

쇄애애액, 쇄액.

파파파아앗!

비수가 허공을 날고, 칼들이 백운회를 향한다. 그러나 백운회는 멈추지 않았다.

쇄애액. 쉭, 쉭쉭.

백운회의 뺨 옆으로 흐르는 비수가 그의 손에 잡힌다. 반 바퀴 빙글 도는 그의 손에서 빠져나간 비수는 어느새 뒤에서 기습하던 무승의 이마에 박혔다.

"컥!"

쩡쩡쩡쩡쩡!

칼이 부딪치고 도검이 깨져 나간다. 육신이 썰리고 비명이 사위를 울린다.

적살방의 장로 구천밀.

그는 자신에게 다가온 천마검을 보며 창을 뻗었다. 그는 태어나서 일 합에 이렇게 많은 공력을 주입하기는 처음이라고 느꼈다.

창이 터져 나갈 듯 떨었다. 창두에서 뻗어 나가는 여러 갈래의 시퍼런 기운이 천마검을 덮치며 그의 상의를 찢었다.

쇄애액.

구천밀은 자신의 창이 천마검을 찔렀다고 생각했다.

그러나 그의 얼굴은 곧바로 구겨졌다. 파육감이 없었다. 천마검은 자신의 창을 겨드랑이로 잡아버린 것이다.

그리고 그 창대를 타고 미끄러지듯 스르르 다가왔다. 어떻게든 창을 흔들어보려고 애썼지만, 창대는 꼼짝도 안했다.

구천밀은 결국 창을 놓고 몸을 뒤로 날렸다. 하지만 천마검이 더 빨랐다. 불과 한 걸음을 뒤로 뗀 구천밀의 얼굴을 천마검이 공중으로 도약하며 무릎으로 찍었다.

퍼억!

구천밀의 몸뚱어리가 뒤로 넘어갔다. 그의 뒤통수가 땅에 부딪쳤다가 튕겨 오를 때 백운회의 발이 안면을 밟았다.

콰직.

머리가 깨어지며 뇌수가 주변 땅을 적셨다.

구천밀 뒤에 있던 소뇌음사의 무승들이 창과 봉을 휘둘렀다. 백운회가 구천밀의 시신을 앞으로 던졌다.

"허억! 피, 피해!"

쩌어엉, 쩡쩡쩡, 쩡쩡!

공황에 빠진 그들의 창과 봉이 서로 충돌하는, 우습지만 웃지 못할 상황이 펼쳐졌다. 그중 하나의 봉이 백운회의 얼굴에 짓쳐 들었다.

턱.

봉의 주인인 무승이 눈을 부릅떴다. 천마검이 자신의 봉을 잡았다.

분명 봉의 주인은 자신인데 이젠 천마검의 것이 되어버렸다. 그리고 천마검이 팔을 들어 올리자 무승이 허공으로 봉 떠서 날아가 버렸다.

부우우웅.

백운회가 기다란 봉을 휘둘렀다.

그 봉을 막던 창과 봉, 그리고 도검들이 속절없이 밀렸다. 한순간에 십여 명이 비명을 지르며 나가떨어졌다.

전열은 더욱 흐트러졌고, 혼돈은 공포와 맞물려 극대화됐다.

백운회는 멈추지 않았다. 쉼 없이 앞으로, 혹은 옆으로 움직이며 자신의 앞을 막고 있는 자는 누구라도 상관없이 가차 없이 쓸었다.

거대한 근육질의 장한이 철퇴를 휘두르며 백운회에게 달려들었다.

백운회는 살짝 고개를 틀어 철퇴를 피하고는 안으로 파고들었다.

칼처럼, 아니, 칼보다 더 빠른, 섬전 같은 몸놀림.

장한이 움찔하는 순간, 이미 그의 멱이 백운회의 손아

귀에 잡혔다.

부우우웅.

장한의 신형이 거꾸로 붕 떠올랐다가 땅에 메다 꽂혔다.

충돌의 순간, 극렬한 통증이 머릿속을 뒤집었다. 그 와중에도 피해야 한다는 생각으로 고개를 옆으로 젖혔다. 그러나 백운회의 칼은 여지없이 그가 피했던 곳으로 쑤셔 박혔다.

아무도 일 합을 받아내지 못한 채 쓰러지고, 날아가고, 고꾸라지고, 죽어갔다.

백운회가 달리다 진각을 밟았다.

콰콰콰콰콰아아아앙!

그의 앞에 있는 땅거죽이 지진이라도 난 듯 흔들리며 터져 나갔다. 뿌연 흙먼지가 허공으로 치솟았다.

그 흙먼지를 뚫고 위로 도약한 백운회가 우왕좌왕하는 적들 사이로 떨어져 내렸다.

슈가가가각!

그의 칼에서 검풍과 함께 검기가, 그리고 강기가 소낙비처럼 쏟아져 내렸다.

"으아아악!"

비명이 멈추질 않는다.

한 명 또는 여럿이 동시에 외치는 비명들이 꼬리에 꼬

리를 물고 이어졌다.

백운회가 향하지 않는 곳에 있는 사람들마저 얼어붙었다.

적이나 아군이나 할 것 없이.

특히나 북해빙궁의 돌성 위에서 이 모든 광경을 하나도 놓치지 않고 보고 있던 이들은 함성조차 잊었다.

상상조차 할 수 없는 압도적인 무력.

누군가가 말했다.

"마, 마신이야. 정말로 마신의 경지가 있다면 저것 말고는 생각조차 할 수 없어."

그의 말이 전염되었다.

"마신이야."

"마신지경이다!"

"마신이다! 마신 천마검이다아아아!"

마침내 함성이 일었다.

북 앞에 있는 중년인과 청년은 자신들이 북을 쳐야 한다는 것조차 잊었다는 걸 그제야 깨달았다.

두 고수(鼓手)가 함성을 지르며 다시 북을 두드렸다.

둥둥둥둥! 둥둥둥둥! 둥둥둥둥!

한 사람.

그 한 사내에 의해 수천의 적이 수세에 몰렸다.

이런 상황에 대처해야 할 천산수사는 몸을 와들와들 떨

기만 했다. 그저 천마검을 죽이라는 소리만 질러 댔다.

섬마검 관태랑이 했던 경고.

감당할 수 없는 진짜 위기 상황이 오면 멍청해진다는 말이 사실이었다.

한편, 귀혼창은 숫자 세는 것도 잊고 멍하니 있다가 다시 눈물을 흘렸다.

"더 강해지셨군요."

천랑대 막내 자운이 흥분한 얼굴로 외쳤다.

"조장님, 가요! 대주님의 뒤를 따라서! 함께 싸워요!"

일백의 숫자.

이제 그건 아무래도 상관없었다.

저 앞에 그분이 계시다.

예전처럼 그분이 앞에 서서 자신들의 길을 끌어줄 것이다. 그리고 이제 다시는 쫓기는 일은 없을 것이다.

귀혼창이 고개를 주억거리며 수하들을 훑었다.

부상자들마저 흥분해 떨었다.

심장이 북소리만큼 박동 쳤다.

귀혼창이 외쳤다.

"가자!"

그 호령이 떨어지기 무섭게 초지명도 외쳤다.

"흑랑대 전원, 돌격한다!"

북해빙궁주 설강.

그도 고함을 질렀다.

"북해의 전사들이여! 나아가자!"

성루에 있는 설상아는 주먹을 부르르 떨었다. 그녀는 지금 자신이 무엇을 해야 하는지 명확하게 깨달았다.

"이제 수비는 없어요! 모두 나가 공격합니다!"

장수들의 명에 수하들이 함성으로 대답했다.

"우와아아아아아!"

"와아아아아아아!"

설천문을 비롯한 지원 방파들도 함성을 지르며 뛰기 시작했다.

제37장
첫비 내리는 날에

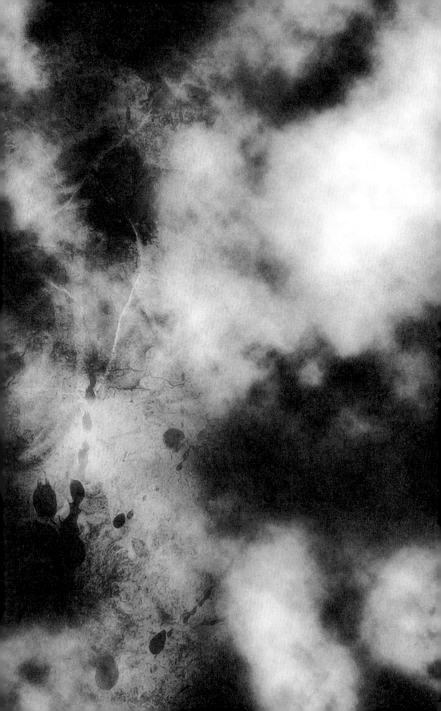

# 1

천산수사는 여전히 천마검에게 매달렸다. 계속 천마검
을 죽이라는 명만 하달했다.

천마검의 부활.

이것이 세상에 알려지면 천마신교뿐만 아니라 흑천련도
내홍에 휩싸일 가능성이 높다는 것을 직감적으로 알고 있
기에.

어떻게든 이 자리에서 천마검을 죽여야 한다.

그가 살아나서 세력을 규합한다면, 정파무림보다 더 무
서운 적을 등에 두게 되는 것이다.

문제는 천마검을 죽일 방법이다.

천산수사는 그 방법을 떠올리지 못했다.

"안 돼, 안 돼……."

그는 부들부들 떨었다.

처음엔 사람들에 가려 천마검의 위용을 보지 못했다. 그러나 천마검 때문에 전열이 이리저리 흔들리면서 곳곳에 구멍이 났고, 그로 인해 무시무시한 무위를 목격했다.

더구나 전령들로부터 속속 들어오는 말은 천산수사를 더욱 압박했다.

"적소군 적살방주께서 일 합에 돌아가셨습니다."

"마불 부주지께서 당했습니다."

"도환 단주가 죽었습니다."

"적살방의 창곡대주와 일이조장이 한꺼번에 당했습니다."

"구천밀 장로께서……."

결국 천산수사는 손을 들어 전령들의 말을 막았다.

"그만!"

그럴 수밖에 없었다. 지금 전령들의 보고를 듣는 건 자신뿐만이 아니었기에.

주변에서 대기하고 있던 대나무와 사다리 돌격조의 기색이 심상치 않았다.

그들에게 천마검은 경외의 대상.

그가 살아 있다는 것은 충격이었다.

그뿐 아니라 천마검은 마신지경이라고밖에 설명할 수 없는, 어마어마한 무력을 보여주고 있었다.

천산수사는 제 주변을 지키는 호위들에게 경계를 단단히 하라 명하고는 고민했다. 돌격조에게 지금 천마검을 잡으라는 명을 내리면 어떤 일이 벌어질까?

천산수사는 침을 꿀꺽 삼켰다.

지금 흔들리는 이들에게 불가능한 선택을 강요하면 반란을 일으킬 가능성이 있었다.

결국 답은 하나였다.

천마검, 저놈을 지금 전장에서 싸우는 이들이 잡아야 한다.

조금이라도 빨리!

설사 이번 전투의 목적, 북해빙궁을 복속시키고 천랑대와 흑랑대를 몰살시키는 것에 실패해도 천마검만 죽일 수 있다면 아무도 자신을 문책하지 않을 것이다.

아니, 대단한 공을 세우는 것이 되겠지.

북해빙궁과 천랑대, 흑랑대는 나중에 처리해도 된다. 그러나 천마검은 아니다.

"죽여! 천마검을 죽이란 말이다!"

그는 여전히 천마검을 어떻게 잡아야 할지 대책을 내놓지 못했다. 가공할 무위에 질려 버린 까닭이 컸다.

그리고 지켜보던 천랑대와 흑랑대, 북해빙궁까지 공격

에 가세하면서 천산수사는 전열을 정비할 마지막 기회를 잃었다.


부우우우웅.

초지명의 청룡극이 거침없이 움직였다. 현음교주는 초조한 얼굴로 초지명의 공격을 힘겹게 막았다.

쩌어엉!

쇳소리가 터지며 현음교주의 신형이 주르륵 밀렸다. 그는 지금 초지명을 상대하는 것도 버거웠다. 그럼에도 집중할 수가 없었다.

천마검이 점차 이쪽으로 다가오고 있음을 알고 있기 때문이었다.

그걸 막기 위해 사령호법들을 보냈다. 하지만 안심이 되지 않았다. 금방이라도 천마검이 뒤로 파고들어 검을 휘두를까 두려웠다.

'전보다 훨씬 강해졌다. 예전의 천마검보다 훨씬. 정말 마신의 경지에 오른 건지도……'

전장의 창이라 불리는 초지명을 상대하면서도 현음교주의 머릿속은 천마검이 보여준 무위로 가득했다.

적살방주와 마불 부주지를 단칼에 제거하는 장면에 돋았던 소름이 아직도 가라앉지 않았다.

그가 이런 판국인데 수하들은 어떻겠는가.

게다가 천마검이 종횡무진 움직이는데, 그 뒤로 천랑대가 합세했다.

그러면서 천마검과 천랑대가 지나가는 자리에는 절규와 비명만이 흘러나왔다. 이젠 천마검이 방향만 틀어도 그쪽에 있는 이들이 몸을 움찔 떨면서 도망갈 자리부터 찾기 시작했다.

상황이 이러니 얼마 전까지 몰아붙였던 북해빙궁에게도 속절없이 밀렸다.

설강 빙궁주가 대소를 터트리며 외쳐 댔다.

"크하하하! 이놈들아, 지금 어딜 보는 게냐! 코앞의 저 승사자는 보이지 않는 것이냐!"

전투에서 가장 중요한 건 사기다. 사기가 오른 이들은 없는 힘도 솟구치게 마련이다.

일방적인 싸움…… 아니, 전투는 이제 학살에 가까웠다.

현음교주는 이를 갈았다.

그 대상은 천마검이나 지금 앞에서 자신을 몰아붙이는 초지명이 아니었다.

천산수사.

'이 미친 인간은 대체 뭐하고 있는 건가. 돌격대로 지원을 해주든지 뭔가 대책을 내놓아야…….'

그의 상념은 이어지지 못했다. 초지명의 청룡극이 지금

까지보다 훨씬 무서운 속도로 쇄도해 왔기에.

"이크……."

그는 화들짝 놀라며 칼을 휘둘렀다.

스카앗!

청룡극과 칼이 허공에서 스쳤다. 갑작스럽게 빨라진 청룡극을 현음교주의 칼이 아슬아슬하게 놓쳤다.

콰직!

현음교주의 어깨가 박살 났다.

"크아아아악!"

그가 비명을 지르면서 뒤로 물러나자 주변의 수하들이 교주를 구하기 위해 앞으로 나섰다. 하지만 초지명의 청룡극은 가차 없이 움직였다.

부우우웅.

그의 청룡극이 단숨에 세 명의 허리를 쓸었다.

비명조차 지르지 못하고 그들의 몸이 양분됐다. 피 분수가 쏟아지는 그 사이를 뚫고 초지명의 동체가 도약했다.

쇄애애액!

현음교주는 자신도 모르게 탄식을 뱉었다.

"아!"

이건 막을 수 없다는 직감이 전신을 관통했다. 어깨가 바스라지면서 몸의 힘이 일순간 쭉 빠졌다. 그런 상황에서 전력을 다해 짓쳐 오는 흑랑대주의 청룡극을 막는다는 건 불가능했다.

몸을 틀어 피해보려 했지만, 초지명은 용납하지 않았다.

콰직.

우드드드득.

현음교주의 머리가, 그리고 가슴의 갈비뼈들이 쪼개졌다.

초지명은 상체가 갈라진 현음교주를 내려다보며 쓴웃음을 머금었다.

"나보다 하수인 주제에 딴생각을 하다니. 수급을 취할 가치도 없소."

파륵이 그 광경을 보고 환호를 질렀다.

"현음교주가 죽었다아아아!"

또 한 명의 흑천련 수장이 목숨을 잃었다는 고함.

그것은 사형선고였다.

마침내 탈주자가 생겼다.

한두 명이 뒤도 돌아보지 않고 전장을 벗어나기 위해 뛰었다. 그리고 그 숫자가 조금씩 늘어났다. 그것을 본 삼혈곡의 부곡주, 혈혈신(血血身)은 입술을 깨물었다.

선택해야 한다.

탈주자는 나중에 엄벌에 처하겠다는 호통을 치거나, 자신도 후퇴를 하거나.

그는 전장을 훑고는 고개를 저었다.

피해가 크지만, 아직 숫자는 자신들이 더 많았다. 하지만 기세가 넘어갔다. 버텨봐야 어려운 싸움이 될 것이다. 손실만 가중될 뿐.

그렇다면 차라리 소교주가 거느리고 있는 오천의 대군과 합류해 복수를 하는 것이 옳았다.

혈혈신은 고개를 돌려 천산수사를 쏘아보았다.

"저렇게 멍청한 놈이 천마신교의 부군사라니!"

기실 천산수사가 어떤 대책을 내놓더라도 천마검을 막지 못하면 무용지물이다. 그것을 혈혈신도 알고 있었다. 그러나 그에겐 이 패배의 책임을 질 사람이 필요했던 것이다.

그가 공력을 실어 외쳤다.

"후퇴한다!"

혈혈신의 고함에 천산수사가 화들짝 놀랐다. 자신을 지키는 호위들에게 탈주자들을 잡아 죽이라는 명을 내리려던 순간에 터져 나온 혈혈신의 후퇴령.

천산수사가 맞고함 쳤다.

"싸우시오! 천마검을 죽여야 합니다!"

혈혈신은 '그럼 네가 직접 잡아 죽이든가!' 라는 대꾸를 하려다가 관뒀다. 그와 입씨름할 시간이 없었다. 계속해서 공격해 오는 이들을 막는 것도 쉬운 일이 아니었다.

또한 망가진 전열을 최대한 복구시켜야 했다. 그러지 않으면 후퇴하는 중에 더 많은 손실을 입게 될 테니까.

혈혈신의 후퇴령이 떨어지자 마침내 천마검이 멈춰 섰다.

그는 호흡을 고르며 잠시 관망하다가 손을 들었다. 그걸 본 귀혼창이 외쳤다.

"전투 중지! 전투를 멈춰라!"

천랑대에 이어 흑랑대도 전진을 멈췄다.

설강이 발끈해 외쳤다.

"천마검! 지금 몰아치면 대승을……."

그의 말을 지척에 있던 설상아가 속삭이는 어조로 끊었다.

"아버지, 천마검의 판단이 옳아요. 모두가 지쳐 있어요. 사기가 올라서 일시적으로 잠력을 끌어냈지만, 더 이상 전투를 지속하면 우리의 피해도 커질 거예요."

"음……."

"짧은 시간에 있는 힘을 다 끌어내 일천에 가까운 적을 처리했어요. 하지만 적은 아직 이천이 넘어요. 너무 궁지로 몰면……."

그녀가 말꼬리를 흐리자 설강이 손사래를 치며 대꾸했다.

"내가 좀 흥분했구나."

설강은 자신의 오판을 가볍게 인정했다. 그는 고개를 돌려 전장에서 빠져 있는 혈왕문을 보았다.

혈왕문주는 천마검을 물끄러미 보다가 시선을 느끼고는 설강을 보았다.

어색한 침묵이 흘렀다. 그리고 어색한 미소도.

설강이 물었다.

"앞으로도 계속 그렇게 빠져 있을 거요?"

"……."

"이쪽이든 저쪽이든 선택을 해야 하지 않겠소?"

혈왕문주는 묘한 미소를 머금고 답했다.

"일단 천마검과 대화를 나눈 후에 결정하고 싶소."

"……."

"작년, 사천성에서 대체 무슨 일이 있었는지 진실을 알고 난 후에."

백운회는 전열을 아주 천천히 물리면서 숭숭 뚫린 진형을 메우는 혈혈신의 모습에 피식 웃었다.

혈혈신은 잔인한 동시에 매우 신중한 자다.

그래서 그를 노리지 않았다. 그를 죽이지 않았다. 이용하기 위해서.

혈혈신은 지금 암묵적으로 말을 건네고 있었다. 더 이상 싸움이 이어지면 서로 감당하기 어려운 피해를 입게 될 것이니, 오늘은 이쯤에서 그만두자고.

한편, 그의 등 뒤에 있는 천랑대원들은 입술을 악물고 있었다.

왜냐하면 백운회의 상의가 마불의 염주 공격과 장력, 그리고 몇몇 고수들로 인해 넝마처럼 되어 있었기 때문이다.

그렇게 드러난 백운회의 등에는 셀 수도 없는 상처들이 있었다.

모두가 알았다.

자신들의 대주가 지독한 고문을 받았음을.

그래서 자신들은 괜찮으니 계속 공격하자는 말도 잊은 채 입술을 깨물었다.

귀혼창이 한숨을 삼키고 입을 열었다.

"대주님, 괜찮으십니까?"

백운회는 왜 그런 질문을 하는지 모르고 고개를 끄덕였다.

"물론."

그는 잠시 머뭇거리다가 말을 이었다.

"혹시 섬마검은……."

귀혼창이 말을 받았다.

"어제 적 선봉장으로 있었는데, 오늘은 보이지 않습니다."

"그런가?"

초지명이 다가와 말했다.

"천랑대주님, 혹시 소문을 들으셨는지 모르겠는데, 섬마검은 대주님을 배신하지 않았습니다."

백운회의 입가에 잔잔한 미소가 퍼져 나갔다. 초지명은 그 곁에 서서 계속 말했다.

"어제 섬마검이 저에게 중요한 정보를 알려주었는데, 아무래도 그것 때문에 고초를 겪는 것은 아닌지 걱정입니다."

백운회는 잠깐 침묵하다가 대꾸했다.

"혈왕문주에게 물어보면 되겠지요. 일단 이곳에는 없는 것 같습니다."

"……?"

"있었다면 저들이 인질로 내세웠을 테니까."

그의 설명에 모두가 고개를 끄덕였다.

백운회는 고개를 돌려 귀혼창을 보고는 빙그레 웃었다.

"곧 섬마검과 우리 동료들을 다시 보게 될 거다."

"예, 대주님."

"그리고 소교주를 박살내야겠지."

천랑대원들의 눈이 빛났다. 그걸 본 백운회가 말을 이었다.

"그러니 지금은 몸을 아껴라."

천랑대원들은 자신들을 배려해 주는 말에 미소를 머금었다.

현실인데도 꿈만 같았다.

항상 천마검과 함께하는 순간을 꿈꿨지만, 그것이 정말 실현되리라고는 확신하지 못했기에.

백운회는 혈혈신이 천산수사와 합류하는 것을 보고는 앞으로 발을 내디뎠다.

귀혼창과 초지명이 뒤를 따르려는 것을 손으로 제지하고는 홀로 앞으로 걸었다.

단 한 명이지만, 혈혈신을 비롯한 이천여 명은 긴장을 늦추지 못했다.

혈혈신에게 왜 전투를 중지시켰냐며 따지던 천산수사도 숨을 들이켜며 입을 다물었다.

백운회는 여유로운 모습으로 걸었다. 그 광경을 모든 사람들이 숨죽이고 쳐다보았다.

혈혈신은 백운회와의 거리가 십여 장으로 좁혀지자 이를 갈며 으르렁거렸다.

"천마검, 끝까지 해보겠다는 거냐? 너 혼자?"

백운회가 발을 멈추고 어깨를 으쓱거렸다.

"못할 것도 없지."

"광오한 놈!"

천산수사가 끼어들었다.

"지금입니다. 홀로 떨어져 나온 저놈을 죽여야 해요!"

혈혈신이 격노한 어조로 천산수사에게 말했다.

"부군사, 닥치시오! 돌발 상황이 벌어졌다고는 하나 아무 대책도 못 내놓는 책사가 무슨 염치로!"

"……!"

천산수사가 황망해 눈을 부릅뜨고는 치욕으로 부르르 몸을 떨었다. 그러나 혈혈신은 그런 천산수사를 무시하고 백운회를 보았다.

"좋다. 네놈이 그렇게 나온다면 싸울 수밖에. 하지만 난 수하들에게 이런 명을 내릴 거다."

"……."

"천마검을 피해 지쳐 있는 천랑대와 흑랑대를 노리라고. 북해빙궁의 무사들을 죽이라고!"

혈혈신은 천마검의 서늘한 미소를 노려보며 말을 이었다.

"그게 네가 원하는 거라면 해주마. 이 승부의 끝에 너 혼자 살아남기를 원한다면 그렇게 해주지."

백운회는 들고 있는 검을 살짝 흔들어 검신에 묻어 있던 피를 바닥에 뿌리고는 말했다.

"천산수사보다 당신이 백배는 낫군."

천산수사의 얼굴이 시뻘겋게 물들었다.

혈혈신은 천마검을 쏘아보며 물었다.

"싸울 건가?"

"아니."

"그래, 그래야 천마검답지. 수하라면 사족을 못 쓰는……."

그러면서 혈혈신은 소교주가 잡고 있는 천랑대원들을 떠올렸다. 그들을 잘만 이용하면 천마검을 손쉽게 잡을 방법이 생길지도.

혈혈신은 지금껏 섬마검이나 천랑대원들을 살려둔 것이 불만이었는데, 상황이 이렇게 되고 보니 천우신조라는 느낌마저 들었다.

그 인질들이 없다면 얼마나 많은 피해를 앞으로 입게 될지 아찔했다.

혈혈신은 수하들에게 전열을 유지하며 천천히 물러나라는 명을 내린 다음에 천마검을 향해 말했다.

"다음에 보자."

"아니, 곧 보게 될 거다."

혈혈신의 미간이 찌푸려졌다.

"무슨 뜻이지?"

"서너 시진 후, 널 쫓겠다."

"······!"

혈혈신의 눈동자가 흔들렸다. 지금 천마검의 말은 천랑대나 흑랑대, 그리고 북해빙궁의 체력이 회복되면 추격하겠다는 의미였다.

혈혈신은 입술을 꾹 깨물었다가 말했다.

"그렇게 나온다면 지금 우리가 너희들을 공격할 수도 있어."

"그럼 해봐."

"……."

"제일 먼저 네 목을 따주지."

혈혈신은 노염으로 이를 갈았다. 그러나 그는 자신이 할 수 있는 최선을 알고 있었다.

천마검의 수하들이 회복되기 전에 최대한 빨리 퇴각해야 한다. 한시라도 빨리 소교주와 합류해야 했다.

그들은 서서히 물러나다가 어느 정도 거리가 벌어지자 빠르게 뛰기 시작했다.

그제야 북해빙궁의 전사들이 함성을 질렀다.

귀혼창은 미안해하는 표정으로 백운회에게 다가왔다.

"저희들 때문에 저들을……."

백운회가 뒤돌아 그를 보고는 말을 끊었다.

"저 이천 명보다 너희 한 명, 한 명이 더 소중하다."

"……."

"그리고 저들은 잡어(雜魚)야. 잡어를 잡느라 여기에서 피해를 늘릴 순 없지. 우리는 대어(大魚)를 잡아야 하지 않겠나?"

그의 말을 들은 모두의 눈이 반짝였다. 백운회는 그들을 보며 팔을 벌렸다.

"일단은…… 다들 한 번씩 안아볼 수 없을까?"

"예, 대주님. 진짜 뵙고 싶었……."

귀혼창이 고개를 끄덕이며 다가가는데, 자운이 어느새 울며 달려오더니 천마검의 가슴에 안겼다.

"보고 싶었습니다, 대주님. 엉엉엉!"

## 2

북해빙궁의 회의실.

제법 많은 얘기들이 오갔다.

작년 사천성에서 벌어진 일부터 배교의 존재까지의 과거 일들. 그리고 앞으로 어떻게 소교주를 상대할 것인가에 대한 백운회의 말이 이어졌다.

마침내 모든 얘기가 끝나자 설강이 혀를 내두르다가 웃음을 터트렸다.

"하하하! 과연 천마검이 아닌가. 내 평생 최고의 선택을 딱 하나만 꼽으라면, 자네와 친분을 맺은 것이네."

혈왕문주 왕수검(王秀劍)은 입술을 꾹 깨물고 천마검을 보다가 피식하고 웃었다.

"자네와 함께하지."

설강이 손뼉을 치며 말을 받았다.

"암, 뇌황 같은 놈과 무슨 일을 함께 도모할 수 있단 말인가. 천마검처럼 우리도 이용만 당하고 버려질 것이 빤하지. 내 그래서 흑천련에서 탈퇴한 거라네."

그는 자신의 옆에 앉아 있는 설상아에게 말을 건넸다.

"지필묵을 가져와라."

설상아가 당황하며 눈을 껌뻑거렸다.

"예? 지필묵요?"

설강이 한심하다는 얼굴로 혀를 찼다.

"너는 지금껏 천마검의 얘기를 귓등으로 들은 게냐? 거짓 항복 문서가 필요하잖아."

"아!"

설상아는 머리를 긁적거리며 일어섰다. 천마검의 입에서 흘러나온 얘기가 워낙 충격적이었기에 잠시 정신을 놓고 있었던 것이다. 그녀는 발을 떼려다가 고개를 갸웃거리며 천마검에게 물었다.

"천마검님, 그런데 천산수사나 혈혈신이 전서구로 이곳의 일을 알릴 수 있습니다. 그에 관한 대비는……."

귀혼창이 빙그레 웃고는 어깨를 으쓱하며 입을 열었다.

"우리 대주님께는 대단한 보물이 있습니다."

"……?"

＊　　　　＊　　　　＊

폭혈도는 금광구를 보며 말했다.

"금영아, 다시 말하지만, 내 말 알아들은 거 맞지? 우리 대주님께서 닷새 전에 했던 말 잊은 거 아니지?"

금영이 고개를 끄덕였다.

구구우우우.

"인마, 네가 북해빙궁의 위치를 몰라서 미리 연락을 못했잖아. 그러니 이 일이라도 잘해야 돼. 밥값은, 아니, 모이 값은 해야지."

구구우우우.

"네놈에게 인질로 잡힌 우리 동료들의 목숨이 달려 있단 말이야. 잊으면 안 된다!"

금영이 고개를 옆으로 돌렸다. 마치 잔소리는 이제 그만하라는 듯한 태도였다.

그에 폭혈도가 발끈했다.

"인마! 이게 얼마나 중요한 일인데. 네가 전서구를 놓치면 우리 대주님이 통곡하실 거야."

천마검을 언급하자 금영이 다시 고개를 앞으로 해 폭혈도를 보았다.

폭혈도가 거대한 아슈힐 산의 한쪽을 가리키며 말했다.

"저쪽부터 저쪽까지야. 전서구는 저곳을 향해 넘어가게되어 있어. 꼭 잡아야 한다."

구구우우우!

금영이 고개까지 끄덕이며 크게 외쳐 댔다. 그제야 안심이 된 폭혈도는 웃으며 양손으로 조심스럽게 잡고 있던 금영을 허공으로 날려 보냈다.

힘차게 날아가는 금영을 보는 폭혈도에게 추혼밀이 다가와 말했다.

"폭혈도 조장, 조금 전에 이곳을 지나간 사람이 있는 것 같소."

그들은 지금 아슈힐 산의 초입부에 있었다.

이 산을 넘을 수 있는 유일한 길.

폭혈도는 대수롭지 않게 대꾸했다.

"뭐, 선봉대와 소교주 사이를 오가는 전령들이 아니겠소? 그도 아니면 장사치나 떠돌이겠지."

추혼밀이 고개를 갸웃거리며 말했다.

"세 명인데, 한 명은 외다리요."

"외다리?"

폭혈도도 의아한 표정을 지었다.

아슈힐 산은 몸이 성한 사람도 넘기 어렵다. 특히나 아직 추운 시기인 요즘은 더욱 그랬다.

경공이 중요한 전령에게 외다리가 있을 리 만무.

하유가 옆에 있다가 물었다.

"그게 지금 우리와 무슨 상관이 있어요? 준비해야 할 것도 많은데⋯⋯. 그들을 쫓아가서 뭘 하고 싶은 건데요?"

그녀는 두꺼운 털옷을 입었음에도 추워서 한차례 진저리를 쳤다.

추혼밀은 머쓱해져서 대꾸했다.

"아니, 나는 그저 이 늦은 시간에 산을 넘는 사람이 있다는 게 이상해서 말이오. 이 추위와 강풍 속에서 밤새도록 산을 넘어야 한단 얘기인데…… 일행에 외다리인 자가 있으니 속도가 나지도 않을 테고."

그 말에 하유가 고개를 끄덕였다.

"이상하긴 하네요. 고행을 자처하는 수행자들인가?"

폭혈도가 멍하니 있다가 입을 열었다.

"지금 개인적인 호기심을 풀 때요? 자자, 다들 일하러 움직입시다."

*   *   *

하루가 지나고 새날이 밝자 북해빙궁의 돌성이 열렸다.

운기조식과 충분한 휴식으로 기력을 회복한 이들이 성문에서 나왔다.

선두에 선 백운회는 뒤를 보았다.

부상이 심한 자들을 뺀 인원.

천랑대 오십 명, 흑랑대 육십 명, 북해빙궁 사백이십 명, 혈왕문 이백육십 명.

팔백에 가까운 전력.

그는 귀혼창과 초지명, 그리고 설강과 왕수검을 보았

다. 네 사람이 모두 미소로 고개를 끄덕였다.

지휘관은 천마검이라는 것에 동의하는 미소였다.

백운회는 다시 앞을 보고 발을 뗐다.

"가자! 출정이다!"

설강이 웃음과 함께 외쳤다.

"오천의 대군을 깨부수는 전설을 쓰고 돌아오자! 크하하하하!"

*　　　　*　　　　*

태양이 천공의 중심에 떠 있는 시각.

그러나 이날도 구름이 가득해 해는 볼 수 없었다.

혈혈신과 천산수사가 이끄는 패잔병들은 멈춰 서서 앞으로 나아가지 못했다.

이곳은 아슈힐 산 초입을 조금 지난 곳에 자리한 협로(峽路).

약 칠십여 장 길이의 협로 중간에 한 사내가 모닥불을 피워놓은 채 불을 쬐고 있었다.

천산수사가 신음을 흘리며 중얼거렸다.

"폭혈도……."

혈혈신은 고개를 절레절레 저으며 한숨을 삼켰다. 신중한 그는 협로의 좌우를 세심히 살폈다.

절벽에 가까운 경사. 만약 저 위에 매복이 있어서 바위나 나무를 굴린다면 이곳을 통과하기 위해 상당한 피해를 감수해야 했다.

폭혈도가 손을 흔들며 외쳤다.

"어이! 뭐하는 거야? 오라고!"

"……."

"이곳을 너희들의 시체로 가득 채워줄 테니까."

"……."

"설마 나 한 명이 무서워 못 오는 거야? 크하하하!"

그의 조롱에 이천여 명의 얼굴이 모두 굳었다.

천산수사가 혈혈신을 보며 말했다.

"저놈이라도 잡아서……."

혈혈신이 눈살을 찌푸리며 천산수사의 말허리를 끊었다.

"폭혈도는 대단한 고수요. 이 좁은 협로에서 저놈 하나를 잡기 위해 얼마나 많은 피해를 입게 될지 모르십니까?"

"그러니까 고수들을 앞세우면 되잖소?"

혈혈신은 대꾸할 마음도 일지 않았다. 이 멍청한 인간이 정말 천마신교의 부군사인가 하는 의심마저 들 지경이었다.

사람은 위기에 처해야 진가를 알 수 있다더니.

고수를 내보내지 않으면 모두 폭혈도에게 죽게 될 것이다. 그렇다고 고수를 내보냈다가 좌우에서 협공을 당하게 되면 더 큰일이다. 이미 천마검으로 인해 무수한 고수를 잃었는데, 더 이상의 손실은 사양이었다.

천산수사는 혈혈신의 고민이 무엇인지 안다는 낯빛으로 말했다.

"좌우에 매복이 있다고 하더라도 얼마 없을 것이오. 천마검이 세력을 모았다는 정보는……."

혈혈신이 버럭 짜증을 냈다.

"천마검이 살아 있다는 정보도 없었습니다."

대꾸할 변명이 있을 리 없다.

혈혈신은 천산수사와 폭혈도를 번갈아 보다가 한숨을 뱉었다.

"제길, 미치겠군. 산을 우회해야 하나?"

천산수사가 반대했다.

"그 무슨 얼토당토않은 말이오? 하루면 되는 거리를 닷새나 걸려서 가겠다는 겁니까?"

"차라리 그게 낫지 않습니까? 언제 뒤로 천마검이 들이닥칠지 몰라요. 만에 하나 폭혈도, 저놈을 잡느라 지체된다면 우리는 최악의 상황에 직면하게 될 거란 뜻입니다."

천산수사는 반박하지 못했다.

아슈힐 산처럼 소로와 협로가 많은 곳에서 전투가 벌어지면 숫자는 무의미해진다.

천마검이 압도적인 무력으로 사냥을 나서면 자신들이

위험에 처하는 건 시간문제였다.

혈혈신이 눈을 빛냈다.

"혹시 천마검은 이것을 노린 건가? 우리를 이 산에서 잡으려고?"

천산수사는 흠칫 굳은 표정으로 고개를 끄덕였다.

"그, 그럴 수도 있겠소. 아니, 천마검이라면 그럴 것이오."

모처럼 둘의 의견이 일치했다.

혈혈신이 말했다.

"우회합시다. 소교주에게는 전서구를 띄우면 별문제 없을 거요. 그가 대군을 이끌고 진격하든지, 아니면 우리와 합류할 때까지 기다리든지 알아서 하겠지."

이미 한 번 보냈지만, 상황이 이러니 다시 한 번 보낼 필요가 있었다.

천산수사가 말을 받았다.

"백 명씩 이십 개 조로 나누는 게 어떻겠소?"

혈혈신이 의아한 표정으로 고개를 갸웃거렸다. 그랬다가는 자칫 흔적을 쫓아오는 천마검에게 각개격파당하기 좋았다. 하지만 이내 혈혈신의 입가에 미소가 일었다.

"간만에 좋은 의견이군요."

혈혈신은 이제야 천산수사가 패배의 후유증에서 벗어났다고 생각했다.

무릇 추격자들은 흔적을 쫓기 마련이다. 그런데 그 흔적이 이십여 개나 되면 혼란에 빠진다.

그중 하나를 쫓기 보다는 추격을 포기할 공산이 더 크다는 얘기였다.

그리고 설사 그중 하나를 쫓더라도 확률은 이십분의 일이다. 자신이 당할 가능성이 그만큼 적어진다.

혈혈신은 폭혈도가 계속 욕설을 뱉으며 오라는 도발에 이를 갈고는 돌아섰다.

결정했으면 빨리 움직여야 했다.

천마검, 그 괴물이 오기 전에.

폭혈도가 계속 외쳐 댔다.

"이 자식들아! 오라니까 도망 가냐? 너희들이 청개구리야?"

좌우의 절벽에 올라 있던 하오문과 화선부의 여인들은 안도의 한숨을 흘렸다.

무려 이천이나 되는 부대였다. 정말로 전투라도 벌어지면 처음에야 준비한 바위나 나무를 굴리며 기선을 제압하겠지만, 결국 자신들은 죽은 목숨이나 다름없었다.

그래서인지 계속 폭혈도가 도발하는 모습이 영 마뜩치 않았다. 옆에 있다면 그 입을 꿰매 버리고 싶을 만큼.

추혼밀이 입을 열었다.

"그런데 폭혈도 조장은 정말 싸우고 싶어 보입니다."

하유가 실소를 흘리며 대꾸했다.

"설마요."

폭혈도가 물러나는 이들을 보며 연신 외쳤다.

"제발 오라고, 이 개자식들아! 고수들 몇 놈이라도 보내봐야지. 간도 안 보고 그냥 가면 어떻게 해?"

그건 마치 절규처럼 들렸다.

추혼밀과 하유가 마주 보며 숨을 들이켰다. 그러고는 고개를 끄덕였다.

설마가 아니라 폭혈도는 진심으로 싸우기를 갈망하고 있었다.


\*                \*                \*


평야에 무수한 막사들이 서 있다.

천마신교 소교주 뇌악천이 이끄는 부대의 군영.

며칠간 흐렸던 하늘은 결국 비를 뿌려 댔다.

봄을 알리는 첫비가 추적추적 내리는 그날 오후.

혈왕문주 왕수검이 이백육십여 문도들을 데리고 복귀했다. 그 혈왕문도들 속에 인피면구를 한 천마검도 있었다. 그들은 폭혈도와 합류해 아슈힐 산을 가로질러 온 것이다.

뇌악천이 군영 앞에서 왕수검을 반겼다.

"하하하! 혈왕문주님, 대체 어떻게 된 겁니까? 전서구도 없고 답답해 죽는 줄 알았습니다. 아무리 무소식이 희소식이라지만."

그는 왕수검이 미소를 짓고 오는 모습에 승리를 확신했다. 왕수검이 의아한 얼굴로 대꾸했다.

"그럴 리가요. 부군사가 분명 전서구를 띄웠는데요?"

"그렇습니까? 뭐, 도중에 매에게 잡아먹혔나 보군요."

종종 그런 일이 생기고는 한다. 그래서 일반적으로 전서구를 띄울 때에는 몇 마리를 동시에 사용한다.

왕수검이 오히려 이상하다는 표정으로 의문을 제기했다.

"전투 중에 전서구를 관리하는 녀석이 죽어서 몇 마리를 잃어버리긴 했습니다. 그래도 두 마리를 보낸 것으로 알고 있는데……."

"뭐, 그건 됐습니다. 어떻게 됐습니까?"

왕수검이 소리 없이 웃고는 품속에서 목궤를 꺼내 들었다.

"받으시지요. 북해빙궁주가 직접 쓴 항복 문서입니다."

"아!"

뇌악천은 목궤를 건네받으며 기쁜 탄성을 뱉고는 웃었다. 생각 같아서는 이곳에서 당장 열어보고 싶었지만, 종이가 비에 젖을까 관뒀다.

"하하하, 수고하셨습니다. 고생하셨어요. 그런데 다른 분들은?"

딱히 궁금해서 던진 질문은 아니었다. 혈왕문은 예전

천마검과 가까웠던 문파라 다른 문파들과 잘 어울리지 않고 따로 노는 경향이 있었기에.

왕수검은 다 알면서 그러냐는 표정을 짓고 답했다.

"북해빙궁에 미녀가 많잖습니까? 뭐, 소소한 몇 가지 정리할 일도 있고 그래서…… 내일이나 모레쯤 다들 돌아올 겁니다. 흑랑대주와 귀혼창의 수급을 챙겨서 말이지요."

"그렇군요. 우리도 오늘 밤에는 제대로 즐겨야겠습니다. 그런데 피해는?"

소교주에게 가장 큰 관심사였다. 승리는 확신했던 상황. 왕수검이 미소로 대꾸했다.

"부군사의 계책으로 거의 피해가 없었습니다. 본문을 보면 아시지 않습니까?"

왕수검의 말처럼 혈왕문은 출정했을 때와 비교해서 이십여 명만 줄어 있었다.

뇌악천이 다시 웃음을 터트렸다.

"하하하, 제 막사로 가시지요. 제가 오늘 혈왕문주님과 귀 문의 문도들에게 제대로 대접을 하겠습니다."

"모두가 다 함께 즐겨야지요."

"암요, 그렇지요. 모두 승전가를 부르는 축제를 열어야지요. 하하하!"

뇌악천이 앞장서서 군영 안으로 들어가며 자신을 바라보는 많은 이들에게 목궤를 들고 외쳤다.

"여기 북해빙궁의 항복 문서가 있다! 우리는 대승을 거뒀다!"

그의 선언에 함성이 일었다.

"와아아아아!"

뇌악천이 들뜬 음성으로 계속 외쳤다.

"사흘간 축제를 열 것이다! 술과 고기를 준비하라!"

사람들이 분주하게 움직였다.

왕수검은 뇌악천을 따라가면서 뒤쪽에 있는 왕오 장로에게 눈짓했다. 그러자 그가 고개를 끄덕이고는 몇 명과 함께 자연스럽게 무리에서 이탈했다.

그들은 이곳에 남아 있는 혈왕문의 군영으로 움직였다. 그 속에 끼어 있던 백운회는 심장이 두근거리는 것을 느꼈다.

혈왕문 군영으로 가는 길에 관태랑이 기거하는 막사가 있다는 얘기를 들었기에.

왕오 장로가 작은 막사 앞에 멈춰 섰다. 순간, 백운회는 그곳이 관태랑의 거처임을 직감했다.

왕오가 막사 앞에서 입을 열었다.

"섬마검, 안에 있는가?"

백운회는 이미 고개를 저었다. 안에서 사람의 기운이 느껴지지 않았다. 하지만 관태랑이 이곳에 머문다는 것만으로도 심장이 뛰었다.

옆 막사의 입구에 앉아 있던 초로인이 일어나 왕오 장로에게 인사하고는 말했다.

"섬마검은 이곳에 없습니다."

왕오가 물었다.

"그럼 어디에 있나?"

"그가 어떤 죄를 지었는지 아시지 않습니까?"

초로인은 반문하며 왕오를 이상하다는 듯이 보았다. 전장에서 흑랑대주에게 패하고는 살려 달라고 애걸복걸했다는 소문이 이곳에서도 파다한데 직접 본 사람이 왜 그걸 모르냐는 표정이었다.

왕오의 얼굴이 굳었다. 그는 한숨을 삼키며 입을 열었다.

"그럼……"

"예, 종종 그랬듯이 어젯밤까지 소교주께서 가지고 노셨습니다."

가지고 놀았다는 얘기는 고문을 했다는 뜻이었다.

"음…… 그렇군."

"뭐, 이번엔 좀 심하게 한 것 같더군요. 하긴 그런 겁쟁이를 당장 쳐 죽이지 않은 것만도 어딥니까? 철가면이 만류해서 목숨을 건진 거지요."

"……"

"그런데 섬마검, 그놈에게 무슨 볼일이라도 계십니까?"

"아, 흠흠…… 그러니까 부군사께서 섬마검에게 전해

달란 얘기가 있네."

"아, 그렇습니까? 그럼 마구간으로 가보십시오."

그 말에 주변에 있던 이들이 낄낄대며 웃었다. 왕오가 고개를 갸웃거리며 물었다.

"마구간에는 왜?"

"이제 섬마검은 똥치기입니다."

말똥을 치우는 사람이라는 말이었다.

왕오는 알았다는 표정을 하고 발걸음을 뗐다. 그는 부지런히 걸으며 자신을 뒤따르는 천마검에게 속삭였다.

"흥분하시면 안 됩니다. 이곳이 적진의 한복판이라는 사실을 잊으시면 안 됩니다."

천마검은 쓴웃음을 깨물고 낮게 대꾸했다.

"걱정 마시오."

"……."

"그런데 가지고 놀았다는 말이 무슨 뜻이오?"

왕오는 한숨을 삼켰다.

"문주님께서 아무 말씀도 안 하셨습니까?"

"많은 고초를 겪었다고 들었소."

"다리는……."

"다리?"

왕오는 입술을 깨물었다.

차마 말을 하지 못한 것일까, 아니면 깜빡 잊은 걸까.

아니다, 그럴 리 없다.

그 중요한 일을 어떻게…….

왕오는 뭔가 착오가 있음을 깨달으며 미간을 좁혔다. 그때, 갑자기 천마검이 발을 멈췄다. 왕오는 왜 멈추냐고 물으려다가 그의 흔들리는 눈빛을 보고는 숨을 들이켰다.

그러고는 시선을 앞으로 돌렸다.

"아……."

왕오는 자신도 모르게 탄식을 흘렸다.

섬마검 관태랑이 말똥이 담긴 통을 들고는 비틀거리며 걸어오고 있었다.

비로 인해 진창이 된 땅을 외다리로 밟으며.

그의 머리카락이 하나도 없었다.

소교주 뇌악천은 관태랑의 이마에 '유(懦)'라는 낙인을 찍었다.

보통 나약할 나로 읽히나 겁쟁이 유로 읽히기도 한다. 인두로 지져 나약한 겁쟁이라는 화인을 찍은 것이다. 그리고 그 낙인을 숨기지 못하게 머리카락을 뽑아버렸다. 그로 인해 그의 머리는 피딱지가 까맣게 앉아 있었다.

그리고 동상이라도 걸렸는지 옷 밖으로 드러난 피부는 거무스름했다.

관태랑은 비로 젖은 눈을 훔치다가 자신을 바라보는 한 무리를 보고 몸을 옆으로 물렸다.

지나가라는 듯이.

그러던 관태랑이 움찔 몸을 떨더니 고개를 들었다.

그의 커진 눈이 왕오 장로의 약간 뒤에 서 있는 천마검을 보았다. 인피면구를 쓴 그의 눈을 마치 홀린 듯이 직시했다.

순간, 관태랑의 입꼬리가 조금씩 올라갔다.

지친 그의 얼굴에 세상에서 가장 밝고 환한, 그리고 행복한 미소가 피어났다.

관태랑이 왕오를 향해 허리를 숙였다. 그러나 왕오는 그 인사가 천마검을 향한 것임을 알았다.

관태랑이 말했다.

"고생하셨습니다."

그해 북방의 하늘에서 내리는 첫비는 쉬지도 않고 추적추적 대지를 적셨다.

〈『패왕의 별』 2부, 제16권에서 계속〉

www.bbulmedia.com